W0340423

Climat : la drôle de guerre

À mes parents

À mes enfants

« Chaque génération, sans doute, se croit vouée à refaire le monde. La mienne sait pourtant qu'elle ne le refera pas. Mais sa tâche est peut-être plus grande. Elle consiste à empêcher que le monde se défasse. »

Discours d'Albert CAMUS
pour la réception du prix Nobel
de littérature, 10 décembre 1957

INTRODUCTION

Je garde de mon enfance le souvenir émerveillé de la nature. Le goût, les couleurs, les odeurs de la campagne où j'ai grandi, celle de l'Aisne. J'ai aimé courir les bois avec mes frères, jouer dans les granges de nos voisins paysans, me promener en famille dans les forêts, où nous espérions chaque fois débusquer un cerf et sa harde. Une enfance marquée par l'amour de mon père pour les arbres, les chênes en particulier, son chêne…

Enfant de la fin des Trente Glorieuses, je me souviens des westerns à la télé, des « Dossiers de l'écran », d'*Amicalement vôtre*, de *Chapeau melon et bottes de cuir*. Et puis du *Lion* de Joseph Kessel, de *Mèmed le Mince* de Yachar Kemal… Et forcément, aussi, de Saint-Étienne, des Verts ! De mon maillot Manufrance et des posters de Dominique Rocheteau et Kevin Keegan au-dessus de mon lit.

Je me souviens aussi des affiches et des tracts politiques distribués dans les boîtes aux lettres, de l'immense déception lors de la défaite de François Mitterrand en 1974, et de son visage apparaissant enfin à 20 heures, sur notre poste de télévision, le 10 mai 1981.

Le foot, la nature, les copains, les cours d'histoire sont mes principales nourritures jusqu'en 1984 où, à l'âge de dix-sept ans, le bac en poche, je quitte la Picardie pour Paris. Là, l'engagement militant prend le relais. C'est le moment de l'attentat contre le Rainbow Warrior, de la loi Devaquet et de la mort de Malik Oussekine, et bientôt de la chute du mur de Berlin.

D'autres expériences, cette fois professionnelles, suivront : auprès des agriculteurs au Burkina Faso ; en soutien des femmes victimes de la misère et d'une société patriarcale violente au Bangladesh ; dans le mouvement altermondialiste, avec les paysans sans terre du Brésil qui occupent les champs qu'ils travaillent, la mobilisation contre l'OMC à Seattle, le Forum social mondial de Porto Alegre. Puis l'engagement à Greenpeace, l'espionnage par EDF, le Grenelle de l'environnement… Quelles années ! Une jeunesse d'avant le désenchantement, d'avant le retour de la guerre à nos frontières, d'avant l'éco-anxiété et la crise de la démocratie.

Je m'appelle Yannick Jadot. J'ai cinquante-huit ans. Je suis père de deux enfants. Je vis à Paris. Pendant quatorze ans, j'ai été député au Parlement européen. J'ai été candidat écologiste à l'élection présidentielle. Je suis aujourd'hui sénateur de Paris.

Si j'ai eu envie d'écrire ce livre, ce n'est pas pour retracer le chemin dans lequel s'ancrent profondément mes convictions écologistes, démocrates et internationalistes. C'est parce que, pour la première fois, j'ai peur. J'ai beau, comme écologiste, être familier des sombres prédictions et des scénarios prospectifs effrayants, j'ai peur.

Peur du monde qui défile en direct sur nos écrans : l'horreur des guerres en Ukraine, au Soudan, au Congo… avec toujours les massacres des populations civiles, les enfants amputés, les femmes violées, les hommes torturés ; le génocide à Gaza ; le peuple ouïgour annihilé ; les femmes iraniennes et afghanes emmurées, emprisonnées et exécutées ; le petit Aylan, cet enfant kurde trouvé mort sur une plage turque ; ses sœurs et ses frères d'exil noyés en Méditerranée ou dans la Manche ; les jeunes dont la santé mentale se dégrade ; les étudiants aux Restos du cœur ; une concentration indécente des richesses ; le retour à l'Ancien Régime.

J'ai peur aussi du monde qui vient, celui de l'effondrement climatique et démocratique. Le climat devient chaos : mégafeux, tempêtes, inondations, canicules, sécheresses, cyclones… La biodiversité s'effondre et les printemps sont silencieux. La pollution contamine nos corps et l'ensemble du vivant. La rage, la haine, le désespoir, le racisme et l'antisémitisme rongent nos sociétés. Les autocraties veulent dominer le monde. Les réseaux sociaux gangrènent le débat public et nos libertés pour revendre chacune de nos émotions et dicter nos comportements.

Partout les monstres, les salauds sont de sortie et semblent triompher.

Ce serait presque simple s'il n'y avait qu'« eux ». Pas « nous ». S'il n'y avait pas aussi cette part d'indifférence et d'inhumanité qui grossit en chacune et chacun d'entre nous telle une tumeur maligne. Par habitude, par résignation ou par impuissance face au trop-plein de malheur, d'injustice, de prédation, de violence, de laideur et de vulgarité qui paradent avec obscénité et nous tétanisent. Et nos indignations sélectives.

Comment cela va-t-il finir ? Une Europe violente et barricadée qui tue les migrants à ses frontières ou en délègue la « gestion » – inhumaine – à des États moins soucieux encore des droits fondamentaux ? Une France d'extrême droite qui piétine la liberté, l'égalité, la fraternité ? Un monde en guerre permanente pour l'accaparement des dernières ressources naturelles ?

Pourquoi cette étrange défaite ? Pourquoi ne réagissons-nous pas, ou si peu ? Sommes-nous encore capables de nous engager dans le plus beau des combats, celui de la vie, de la réconciliation avec nous-mêmes et avec les autres ? Saurons-nous encore forger un avenir qui nous fasse envie, inventer un autre monde que celui qui semble inéxorable ?

Il est « moins une » sur l'horloge climatique et politique. Mais l'Histoire n'est pas encore jouée. Elle ne l'est jamais d'avance.

« Tenter, braver, persister, persévérer, s'être fidèle à soi-même, prendre corps à corps le destin, étonner la catastrophe par le peu de peur qu'elle nous fait... », nous encourageait Victor Hugo[1].

Agir, comme une évidence. Quelle autre option nous reste-t-il, de toute façon ? Désespérer, céder, renoncer ? Par résignation, déni ou dolorisme ? Jamais. Ce serait capituler. Nous n'avons tout simplement pas le choix, pas le droit. Par élan vital, par fierté, par respect des combattantes et des combattants d'hier, d'aujourd'hui et de demain. Pour rester vivants, pour celles et ceux qu'on aime, pour tous les autres.

Comme de Gaulle quand il a dit non alors que Pétain avait dit oui.

Il ne s'agit pas de « sauver la planète », elle continuera de tourner sans nous encore quelques milliards d'années. Il s'agit d'aimer la Terre et de sauver l'humanité, moins comme espèce animale que comme culture et civilisation. Sauver le vivant par amour de la vie. Aimer le beau, trouver ou retrouver notre capacité d'émerveillement.

La responsabilité de chacune et chacun d'entre nous est immense. Celle des responsables politiques l'est plus encore : acteurs ou spectateurs ? protecteurs ou prédateurs ? fédérateurs ou diviseurs ? Nous avons le choix. L'Histoire, elle, fait toujours le tri !

Je ne me résous pas à ce que la France de 2027 – et des années suivantes – devienne une France caniculaire et d'extrême droite. Je ne me résous pas au basculement de notre pays dans la régression politique et le chaos climatique. Évidemment, le dire ne suffit pas. Il faut nous demander : comment s'y prendre pour gagner ? C'est l'enjeu de ce livre. Disons déjà que refuser la défaite, ce n'est pas encore vaincre, mais c'est déjà avancer.

Pour dégager le chemin, il faut commencer par mieux cerner les problèmes. Et puisque je suis écologiste, commençons par le climat, et la « drôle de guerre » qui se joue.

La « drôle de guerre », c'est le nom donné aux huit premiers mois de la Seconde Guerre mondiale, du 3 septembre 1939, date de la déclaration de guerre de la Grande-Bretagne et de la France à l'Allemagne, au 10 mai 1940, jour où les troupes nazies envahissent la Belgique et les

Pays-Bas. Huit mois d'inaction des troupes alliées, malgré l'invasion de la Pologne. Les Britanniques qualifient cette période de « fausse guerre ». La formulation française résulterait d'une confusion entre les termes anglais « *phoney* » (fausse) et « *funny* » (drôle) !

La drôle de guerre, c'est une guerre qu'on sait inéluctable tant la menace est existentielle et déjà palpable. Une guerre à laquelle on s'est plus ou moins préparés, mais qu'on ne veut pas faire, au point de créer les conditions de la défaite. Voilà précisément où nous en sommes en matière de climat.

J'ai écrit ce livre comme une enquête.

D'abord, comment en est-on arrivés là ? Les pièces du puzzle prennent progressivement place. Comment sommes-nous passés de l'Accord de Paris au *backlash* écologique, de la promesse libérale d'émancipation et de mondialisation heureuse à l'effondrement démocratique et climatique, des grands chantiers de la transformation écologique au grand renoncement ? J'ai tenté chaque fois de comprendre les ressorts structurels derrière les soubresauts conjoncturels.

Mais la question à laquelle il me revient de répondre, c'est évidemment « Que faire ? ». Démocratie et climat ont destin lié. L'extrême droite et les nationaux-populistes les attaquent l'une comme l'autre. Quelle démocratie pourrait survivre aux chocs des conflits pour les ressources et les terres habitables ? Et le chaos climatique balaiera nos droits fondamentaux à être en bonne santé, à nous nourrir, à nous déplacer… Les transformations à engager pour échapper au pire sont si profondes qu'elles exigent l'adhésion et la mobilisation de la très large majorité de la population. Pas de démocratie sans protection du climat et du vivant, et pas d'écologie sans démocratie vivante.

Nous sommes à un point de bascule. L'humanité hésite entre frénésie de prédation et désir de protection, entre nostalgies régressives et aspirations à l'émancipation, entre repli identitaire et enthousiasme collectif.

Les écologistes n'ont pas toutes les clés, loin s'en faut. Mais nous pouvons et devons faire notre part. Je propose ici une nouvelle approche des politiques publiques. Mais notre chantier de reconstruction, à nous écologistes, est bien plus vaste encore : nous devons, impérativement, profondément, nous réinventer. Un cycle s'achève pour l'écologie. Un autre doit urgemment voir le jour. Pour que l'écologie politique repasse à l'offensive et devienne le grand projet du XXIe siècle.

1

La drôle de guerre

> « C'est l'histoire d'un homme qui tombe d'un immeuble de cinquante étages. Le mec, au fur et à mesure de sa chute, se répète sans cesse pour se rassurer : jusqu'ici tout va bien, jusqu'ici tout va bien, jusqu'ici tout va bien... Mais l'important ce n'est pas la chute, c'est l'atterrissage. »
>
> Mathieu KASSOVITZ, *La Haine*, 1995[2]

12 décembre 2015, le Bourget. Laurent Fabius, ministre français des Affaires étrangères, préside la 21e Conférence des parties des Nations unies sur le climat, la COP 21. Il conclut : « Je n'entends pas d'objections... L'Accord de Paris pour le climat est accepté. » En début de soirée, après treize jours et autant de nuits d'âpres négociations, il peut enfin donner le traditionnel coup de maillet final.

Avec mes collègues du Parlement européen, nous sommes épuisés mais heureux. Un rayon de lune dans la nuit des guerres, des oppressions, de la faim, des pandémies et des catastrophes nées du changement climatique qui frappent déjà l'humanité.

L'heureux dénouement ne doit rien au hasard. Il est le fruit de plus de cinquante ans d'alertes et de diagnostics scientifiques, jalonnés de dates cruciales. Première enquête sur le désastre des pesticides, le livre *Printemps silencieux*, de Rachel Carson, est publié en 1962. Le rapport Meadows sur les « Limites de la croissance », commandé par le Club de Rome, l'est en 1972. Le Groupe d'experts intergouvernemental sur l'évolution du climat, le GIEC, est créé en 1988. Cinquante ans de diagnostics de plus en plus solides, de risques de mieux en mieux documentés et de négociations internationales.

Et surtout, cinquante ans de combats, citoyens, associatifs, politiques, partout, tout le temps. Pour qu'enfin la guerre au dérèglement climatique soit déclarée, que sonne la mobilisation générale, planétaire, universelle, et que nous menions la seule grande bataille qui vaille : la survie de l'humanité et du vivant.

Ce soir-là, nous apprécions le résultat. Sans naïveté. Nous avons déjà trop de COP au compteur. Nous étions à Copenhague (la COP 15), six ans plus tôt, lorsque la négociation climatique multilatérale avait connu son échec le plus retentissant. Par arrogance, les dirigeants européens – Nicolas Sarkozy, Angela Merkel et Gordon Brown en tête – n'avaient pas vu venir l'alliance de Barack Obama et des Chinois pour bloquer la négociation. Et l'ensemble des dirigeants des pays riches avait fui la capitale danoise pour échapper à la bronca des pays du Sud. Nous avons l'habitude des promesses d'ivrogne oubliées au réveil. Et nous savons toutes les insuffisances du texte adopté à Paris.

Mais quand même ! À la COP 21 et pour la première fois dans l'Histoire, 195 pays adoptent un accord sur le climat avec l'objectif de limiter le réchauffement planétaire à moins de 2 °C. 195 pays, dont la Chine, les États-Unis et l'Inde, qui représentent plus de la moitié des émissions de gaz à effet de serre, s'engagent à les réduire. Chacun selon ses responsabilités et ses moyens. Les pays développés devront donc soutenir financièrement les pays les plus vulnérables, qui sont aussi les plus impactés par le dérèglement climatique et pourtant les moins responsables. Et puisque les objectifs et les trajectoires carbone des États nous propulsent encore vers le chaos avec 3 ou 4 °C de réchauffement, l'Accord de Paris prévoit leur révision tous les cinq ans, pour atteindre l'objectif fixé en commun. La plus lourde faille de l'Accord – mais c'était malheureusement la condition nécessaire à son adoption – est l'absence de contrainte juridique sur les États. Sa force est de placer la science au cœur de l'action climatique.

Après la déclaration de guerre et la mobilisation générale pour le climat, le déploiement du génie militaire et l'équipement des troupes ! C'est qu'« en face », le chaos cogne toujours plus fort, avec son cortège de drames humains, sociaux, agricoles, économiques. En France et dans le monde entier, ce sont des millions de femmes et d'hommes qui en subissent déjà les conséquences dramatiques. Certains n'ont d'autre choix que de partir, fuir sur les chemins de l'exil où l'enfer, les persécutions, parfois la mort, trop souvent l'indifférence, les attendent. Partout le vivant souffre et recule… Chaque dixième de degré de réchauffement supplémentaire rend de nouvelles zones géographiques inhabitables, nos conditions d'existence même plus difficiles, nos sociétés plus injustes et plus brutales.

L'opinion publique s'est sensibilisée, les mobilisations citoyennes et les marches pour le climat sont massives, et le succès des écologistes aux élections européennes de 2019 – et pas uniquement en France – place le climat au cœur de l'agenda européen : c'est le Green Deal, le pacte vert. Nos objectifs de décarbonation, d'efficacité énergétique et de déploiement des énergies renouvelables sont renforcés, les dynamiques accélérées. Logement, transport, agriculture, industrie… la lutte pour le climat redéfinit le projet européen et structure nos politiques publiques.

L'Union européenne poursuit son leadership mondial sur le climat. Mais elle n'est plus seule. La bataille climatique devient guerre économique. La Chine, après avoir fait main basse sur les terres rares, investit massivement dans la fabrication des équipements des énergies renouvelables et les vend au reste du monde en recourant au dumping. Objectif assumé : asseoir son hégémonie mondiale sur ces filières d'avenir stratégiques. Les États-Unis ripostent. Joe Biden fait adopter un plan massif d'investissement : pas moins de 370 milliards de dollars d'aides publiques pour décarboner l'économie américaine et, surtout, attirer aux États-Unis les entreprises de la transition énergétique.

Nous, écologistes, râlons – forcément ! Les objectifs politiques adoptés restent en deçà de ce que recommandent les études scientifiques, alors que le dérèglement climatique et l'effondrement de la biodiversité ne cessent de s'accélérer. Mais reconnaissons-le : c'est notre petit âge d'or et les dynamiques à l'œuvre semblent bien engagées.

Dix ans ont passé depuis l'Accord de Paris.

Dix années d'incantations bien sûr, de discours toujours : Le «*Make the planet great again*» d'Emmanuel Macron en 2017 a succédé au «Notre maison brûle et nous regardons ailleurs» de Jacques Chirac en 2002. Dix années aussi à construire ou à renforcer des politiques climatiques pour éviter le pire, pour que nos territoires restent habitables.

Tout était donc prêt pour passer à l'offensive. Pour enfin agir à grande échelle, européenne, nationale, comme à plus petite échelle, locale et individuelle. Mais là, patatras, le refus d'obstacle, la panne. La mobilisation générale a laissé place à un armistice généralisé, signé avec les responsables du dérèglement climatique et avec les prédateurs. Abandonnant les combattants sur le champ de bataille et les plus faibles sur le bord des routes. Les petits arrangements ont remplacé les grandes ambitions. Le 11 mai 2023, Emmanuel Macron réclame une «pause» réglementaire européenne sur l'environnement. Il chausse les godillots de Nicolas Sarkozy en 2010 : «Je voudrais dire un mot de toutes ces questions d'environnement, parce que là aussi ça commence à bien faire!»

C'est la drôle de guerre du climat. La guerre a été maintes fois déclarée, les citoyens et les forces vives sont mobilisés. Mais l'attentisme, la procrastination toujours, la lâcheté parfois, la cupidité souvent prévalent désormais. L'action impérative, revendiquée, a fondu comme un glacier sous l'effet de serre. S'est installée la fameuse «inaction climatique».

Cette formule est d'ailleurs inappropriée, comme le soulignent Manon Loisel et Nicolas Rio[3], car ne pas agir en faveur du climat, c'est en effet encore agir. C'est agir contre. Ne rien faire pour sortir des énergies fossiles, saborder les investissements dans l'isolation des bâtiments, le déploiement des énergies renouvelables et des transports collectifs, la conversion des voitures à l'électrique, la transition agroécologique de notre agriculture, c'est agir ! C'est laisser le chaos climatique s'installer, s'accélérer, devenir chaque jour plus meurtrier, plus coûteux. C'est laisser chacune, chacun, les familles démunis face aux évènements météorologiques extrêmes, face aux factures énergétiques toujours plus élevées, les paysans face à des sols secs, inondés ou appauvris.

Depuis Nicholas Stern[4], nous savons que le coût économique, social et environnemental de l'action « contre » le climat est beaucoup plus élevé que celui de l'action « pour » le climat. Et que le choix de l'action « pour », c'est aussi celui des transitions démocratiquement construites plutôt que des chocs subis. Le statu quo climatique n'existe pas. Il est faux de croire que nous, écologistes porterions seuls le fardeau des changements des modes de vie. Ils sont déjà à l'œuvre. Pour le meilleur ou pour le pire.

Le pire, c'est l'esprit de révolution nationale, jusque-là circonscrit à l'extrême droite, qui s'est emparé de ceux qui nous gouvernent. Plus question de s'attaquer aux grands défis, de regarder l'avenir debout, de penser socialement et économiquement les grandes transformations. Plus de dessein commun, mais la grande division.

Plus besoin de solutions puisqu'il y a des coupables, comme toujours l'étranger, le profiteur, l'indésirable. Celui de l'extérieur et celui de l'intérieur – le Noir, l'Arabe, le musulman, le juif, le pauvre, le chômeur, le fonctionnaire.

Pas besoin d'espoir, tant qu'il y a de la rage ! Le grand remplacement éclipse la France des Lumières. Les invectives se substituent aux arguments, la vérité et la science sont renvoyées au statut d'opinions parmi d'autres, la démocratie et les libertés fondamentales travesties en outils d'oppression du peuple. L'horizon c'est derrière, l'avenir c'est le passé !

Les nationaux-populistes promettent le statu quo en purgeant la société des « mauvais » Français, l'unité par l'exclusion, le chacun pour sa gueule – blanche de préférence –, le chacun chez soi, derrière des frontières, des murs, des barbelés.

L'Accord de Paris avait consacré la victoire culturelle de l'écologie. La protection du climat et de la nature était devenue une évidence, une urgence, une responsabilité individuelle et collective. Elle s'imposait – ce verbe n'est pas neutre, nous y reviendrons – comme une norme sociale, un principe moral. La marée noire illibérale l'a engloutie.

Mais la réalité physique est sourde à ce négationnisme climatique. L'Accord de Paris de 2015 s'est fixé l'objectif de limiter le réchauffement global au plus près possible de 1,5 °C d'ici la fin du siècle. Nous devrions franchir ce seuil avant 2030 ! Beaucoup trop tôt. En juin 2025, une soixantaine de scientifiques de nombreux pays[5], relayés par les meilleurs climatologues français, appuyés par le CNRS et Météo-France, ont en effet actualisé les dernières évaluations du GIEC. Leur constat est sans appel : « L'objectif de limiter le réchauffement à 1,5 °C par rapport à l'ère préindustrielle n'est désormais plus atteignable. »

Le calcul est vite fait. Chaque année, à l'échelle planétaire, nous émettons plus de 40 milliards de tonnes de CO_2, qui s'ajoutent aux centaines de milliards de tonnes déjà émises depuis l'ère préindustrielle. Pour contenir le réchauffement climatique en deçà de 1,5 °C, la quantité maximale de carbone (notre budget) que nous pouvons encore répandre dans l'atmosphère est de l'ordre de 130 milliards de tonnes. À ce rythme, notre budget carbone pour limiter le réchauffement à 1,5 °C sera épuisé dans à peine quatre ans et dans quinze ans nous aurons dépassé le seuil fatidique des 2 °C de réchauffement. Si la dynamique actuelle perdure, nous nous dirigeons tout droit vers un réchauffement de 3 °C. Et vers le chaos.

En 2024, année la plus chaude jamais enregistrée, le réchauffement planétaire a atteint 1,52 °C au-dessus de l'ère préindustrielle. Une progression de 0,27 °C par décennie qui s'accélère avec l'effondrement de la capacité des océans, des forêts et des sols à absorber le carbone émis. Conséquemment, la fonte des glaciers, des calottes polaires et la dilatation des océans a généré une élévation de 4,3 mm par an du niveau de la mer sur la période 2013-2023. Chaque degré de réchauffement réduit de 12 % le PIB mondial[6]. Un coût très supérieur à celui de l'action pour la neutralité carbone.

Combien de fois faudra-t-il répéter que la multiplication et l'intensification des phénomènes météorologiques extrêmes sont les conséquences directes de nos émissions de gaz à effet de serre ? Personne n'y échappe. Personne. Pas même les plus riches. Pas même les plus irresponsables. Certainement pas le vivant non humain, dont 14 % des espèces sont menacées d'extinction dès 1,5 °C de réchauffement global. C'est bien une guerre que nous nous sommes déclarés à nous-mêmes. De notre combat dépend notre survie.

Notre santé est directement menacée, même si elle moins souvent évoquée. Le rapport du GIEC en 2022 y consacre un chapitre entier dans lequel on peut lire : « Le changement climatique et les phénomènes extrêmes qui en découlent vont entraîner une augmentation significative des problèmes de santé et des décès prématurés à court et à long terme. » En 2022, selon une étude publiée dans la revue scientifique *Nature Climate Change*[7], 58 % des maladies infectieuses ou allergiques qui affectent l'humanité ont été, à un moment donné, aggravées par des aléas climatiques liés à nos émissions de gaz à effet de serre. Avec des conséquences particulièrement dramatiques pour les populations les plus vulnérables, jeunes enfants, femmes enceintes, personnes âgées.

L'augmentation des températures favorise en effet l'apparition et la prolifération d'espèces microbiennes, végétales et animales à l'origine d'allergies, d'intoxications et de maladies infectieuses. On pense aux maladies comme le chikungunya, la dengue, le Zika, le paludisme et la fièvre jaune, dont la propagation est facilitée par l'extension des zones de présence du moustique, en particulier le moustique tigre.

La fonte du permafrost – cette terre jusqu'ici gelée qu'on trouve notamment dans le cercle polaire, comme en Sibérie – va relâcher des centaines de milliards de tonnes de gaz à effet de serre, et pourrait aussi libérer des bactéries et des agents pathogènes congelés et disparus depuis des milliers, voire des millions d'années, ainsi que des contaminants chimiques comme des métaux lourds.

Les vagues de chaleur, on le sait, entraînent des pics de mortalité, s'étalant parfois sur plusieurs mois, avec une multiplication des maladies cardiovasculaires et respiratoires. Ces dernières sont déjà favorisées par des concentrations dangereuses de polluants dans l'air, de l'ozone notamment, qui augmentent pendant les pics de chaleur. Les phénomènes météorologiques extrêmes et la chute des rendements accentuent l'insécurité alimentaire et les famines. La raréfaction et la dégradation de la qualité des eaux génèrent déshydratations et infections de l'appareil digestif ou des yeux.

Avec un réchauffement de 2,7 °C – la prévision actuelle –, deux milliards de personnes seront confrontées à des températures supérieures à 29 °C en moyenne annuelle, dont 600 millions en Inde, 300 millions au Nigéria et 100 millions en Indonésie[8]. Le Burkina Faso ou le Mali deviendraient invivables. La montée du niveau des océans rendra inhabitables ou très vulnérables nombre de villes côtières, dont les mégapoles de Rio, Shanghai, Tokyo, New York, Londres, Marseille… La Banque mondiale estime que le nombre de réfugiés climatiques pourrait atteindre 1,2 milliard d'ici 2050.

Face à cet avenir très sombre, la Cour internationale de justice a ouvert un petit coin de ciel bleu. Le 23 juillet 2025, à l'unanimité, la plus haute juridiction internationale a conclu que les États ont des obligations strictes et contraignantes en matière climatique. S'ils les violent, ils peuvent être amenés à réparer le préjudice subi par les pays les plus impactés. Alors que près de 3 000 recours juridiques sur le climat et l'environnement ont été déposés dans le monde fin 2024, la CIJ offre un cadre juridique clarifié sur lequel les juridictions nationales peuvent dorénavant s'appuyer. Cela marque peut-être la fin à l'impunité climatique.

2

La France en première ligne

> « Voici que s'avance l'immobilisme et nous ne savons pas comment l'arrêter ! »
>
> Edgar FAURE

Notre pays n'est pas épargné. Bien au contraire ! Comme le nuage de Tchernobyl, le dérèglement climatique se moque des frontières. La France est même l'un des pays au monde qui se réchauffe le plus vite, car les continents se réchauffent plus vite que les océans et les zones tempérées plus vite que les zones tropicales. On comptabilise 2,2 °C sur la période 2015-2024. Si nous tenons l'objectif global de 2 °C de réchauffement maximal d'ici la fin du siècle adopté par l'Accord de Paris, alors nous afficherons un réchauffement de plus de 2,7 °C chez nous. Au rythme actuel des émissions de carbone, il s'agira plutôt de 4 °C.

Ces dernières années, chacune, chacun d'entre nous a été directement affecté par une des catastrophes qui ont bouleversé nos régions : inondations, sécheresses, feux, canicules, cyclones en Outre-Mer, avec Belal à la Réunion en janvier 2024 et Chido à Mayotte en décembre, la même année. Au cours des dix dernières années, le nombre de vagues de chaleur a été multiplié par 6 par rapport à la période 1961-1990.

Et il ne s'agit que d'un avant-goût de ce qui nous attend. Selon l'association Oxfam, 6 Français sur 10 sont fortement exposés aux risques climatiques, 1 sur 4 vit en zone inondable[9]. Des inondations ont déjà touché 40 % de nos communes. Nos compatriotes sont 20 millions à être exposés au phénomène de retrait-gonflement des argiles qui fragilisent les fondations des bâtiments. En juin 2024, près de 1 500 écoles ont dû être partiellement ou totalement fermées à cause des fortes chaleurs. Et près de 4 travailleurs sur 10 sont exposés aux chaleurs extrêmes sur leur lieu de travail.

Selon Météo-France[10], dans une France à + 2,7 °C, le nombre de jours de sécheresse augmenterait de 24 par an, avec des épisodes extrêmes de quatre à cinq mois dans le Nord, jusqu'à sept mois dans le Sud. À + 4 °C, le littoral méditerranéen pourrait ne pas recevoir une goutte de pluie pendant huit mois. Un rapport du Haut-Commissariat à la stratégie et au plan de juin 2025[11] confirme que 90 % du territoire national pourrait se trouver en situation de stress hydrique et de restriction d'usage de l'eau, avec des impacts très lourds sur les écosystèmes. Comment dans ces conditions garantir l'accès de toutes et tous à l'eau potable ? Comment maintenir des activités agricoles ?

Dans une France à + 2,7 °C, les vagues de chaleur pourraient survenir dès le début juin et durer jusqu'à la mi-septembre. En 2024, plus de 3700 décès étaient attribuables aux épisodes caniculaires. Entre le 1er juillet et le 15 septembre 2023, cela a représenté 17 % des prises en charge aux urgences. La chaleur excessive bouscule les mécanismes qui maintiennent notre corps autour de 37 °C. Pour nous, comme pour la planète, chaque dixième de degré compte !

Dans une France à + 4 °C, les températures dépasseraient régulièrement les 40 °C et pourraient même atteindre 50 °C. À ces niveaux de températures et de sécheresse, les feux de forêt impacteraient de longs mois durant la partie méridionale du pays et toucheraient régulièrement la moitié Nord. Qui y survivra ? Certainement pas les forêts telles que nous les connaissons.

L'Ademe, Agence de l'environnement et de la maîtrise de l'énergie, estime déjà le coût du dérèglement climatique pour notre pays à 2 % du PIB[12]. Le coût économique de la canicule de l'été 2025 est évalué à 9 milliards d'euros par Allianz Trade. Selon France Assureurs[13], le montant des sinistres liés à la sécheresse pourrait tripler entre 2020 et 2050, passant de 13,8 à 43,3 milliards d'euros. Au mitan du siècle, les crues fluviales pourraient coûter 2,7 milliards d'euros par an. Avec 3,5 °C de réchauffement, le coût du dérèglement climatique s'élèverait à 260 milliards d'euros par an, soit 10 % du PIB actuel, toujours selon l'Ademe.

En première ligne pour subir, la France ne l'est pas pour agir. Elle devrait réduire ses émissions de 55 % d'ici 2030 par rapport à l'année de référence, 1990. Le compte n'y est pas : nous n'en sommes qu'à 33 %. Pire, en 2024, les émissions n'ont diminué que de 1,8 %, quand nous aurions dû faire trois fois mieux[14]. L'affaissement de 2024 tourne à l'effondrement en 2025, avec une réduction de seulement 0,8 % de nos émissions, selon les estimations du Centre interprofessionnel d'études de la pollution atmosphérique (Citepa), publiées le 4 juillet 2025.

Sans fracas, sans la brutalité d'un Trump ou d'un Milei, la France sort de l'Accord de Paris par la petite porte. En sabordant ses politiques climatiques, méthodiquement et dans tous les secteurs les plus émetteurs : transports, agriculture, industrie, bâtiment ou énergie.

Les politiques de soutien aux transports collectifs et à l'électromobilité ont été sabrées. Supprimée la prime à la conversion, amputé le bonus écologique, épuisé le leasing social. La seule bataille que mène le gouvernement dans ce domaine est celle de la construction de l'autoroute A69, un désastre écologique, une aberration sociale, un fiasco économique, une corruption politique.

Dans l'agriculture, c'est la régression sur toutes les politiques de soutien à la transition agroécologique, pour privilégier l'expansion d'une agriculture pratiquée sans la nature, voire même à son encontre et celle de la santé, malgré l'explosion des cancers et des maladies neurodégénératives.

Quant à l'énergie, chaque projet de loi discuté au Parlement est l'occasion de s'en prendre aux renouvelables. L'industrie n'est pas épargnée par les coupes budgétaires sur les politiques de soutien à la décarbonation et nombre d'usines dont les productions sont essentielles à la transition ferment. Nous reviendrons sur tous ces reculs.

Le secteur du bâtiment, quant à lui, atteint des sommets d'absurdité. Pendant l'hiver 2023-2024, 30 % des Français ont souffert du froid dans leur logement. C'est deux fois plus qu'en 2020, trois fois plus qu'en 2010. Cela génère une surmortalité de 10 000 personnes chaque hiver, selon la Fondation pour le logement des défavorisés[15]. Près de 30 % des Français ont rencontré de grandes difficultés à payer leur facture d'énergie. Un million d'entre eux ont subi des coupures ou limitations pour impayés, 400 000 de plus qu'en 2010. En été, 4 Français sur 10 déclarent souffrir de la chaleur dans leur logement, toujours selon la Fondation pour le logement des défavorisés. L'habitabilité d'été des logements, des écoles, des hôpitaux, des Ehpad et des lieux de travail devient une problématique sanitaire majeure.

Le bâtiment, c'est un quart de nos émissions de gaz à effet de serre et pas loin de la moitié de notre consommation finale d'énergie. Un secteur stratégique pour le pouvoir d'achat et notre souveraineté énergétique. Et nous connaissons la solution la plus efficace aux passoires comme aux bouilloires énergétiques : la rénovation thermique.

Près de vingt ans que nos objectifs sont fixés. Mais le compte n'y est pas et les politiques publiques ont failli. Avec seulement 400 000 logements rénovés en 2024, soit une chute de 35 % par rapport à l'année précédente, la rénovation énergétique des logements a connu un nouveau revers. On est loin, très loin, de l'objectif des 900 000 rénovations globales annuelles jusqu'en 2030.

Et pourtant, 3 Français sur 4 se disent mobilisés pour faire évoluer la performance énergétique de leur logement[16]. 1 sur 2 pourrait même être amené à déménager à cause de la mauvaise performance énergétique de son logement, ou de son exposition à des risques climatiques.

Nous connaissons les obstacles. Selon cette même enquête, 78 % des Français estiment que la rénovation thermique est trop chère, et 67 % que les aides sont insuffisantes. 72 % jugent également que les démarches sont trop compliquées, l'information insuffisante, les réglementations trop changeantes. Pour reprendre l'excellente expression des think tanks Parlons Climat et Iddri[17], pour les citoyens, en matière d'écologie, c'est souvent « quand on peut, on veut ! » Une façon de rappeler que l'approche limitée aux changements des comportements individuels rencontre rapidement de sérieuses limites : comment demander plus aux ménages, notamment les plus modestes, quand l'État se dérobe ?

Le dispositif MaPrimeRénov est depuis 2020 l'outil privilégié de soutien public à la rénovation thermique. Deux millions de familles en ont bénéficié. C'est pourtant devenu un monstre bureaucratique et administratif pour les ménages et les acteurs du secteur. Cinq ans d'instabilité permanente, 14 réformes, des changements de règles incessants… Face aux besoins et à l'explosion des prix de l'énergie, les Français se sont accrochés et nombreux sont ceux qui ont réussi à sortir du labyrinthe. Mais en 2025, son budget a encore été amputé d'un tiers ! 100 000 emplois d'artisans sont directement menacés. Le « chantier du siècle » attendra.

Mais pourquoi tant de gouvernements « libéraux » faillissent-ils ?

Il y a huit ans déjà, Donald Trump sortait une première fois les États-Unis de l'Accord de Paris et attaquait, dès son arrivée au pouvoir, l'agenda climatique, la science et toutes les institutions publiques de protection de l'environnement.

En réponse, Emmanuel Macron lançait un vibrant appel aux scientifiques américains à venir poursuivre leurs recherches en France.

Que s'est-il passé depuis pour que le trumpisme ait à ce point contaminé nos débats et nos politiques publiques ? Pour que les écologistes soient qualifiés désormais d'éco-terroristes ? Que les budgets des politiques écologiques soient massacrés à la tronçonneuse ?

Que s'est-il passé pour que le gouvernement et la droite en viennent à attaquer politiquement l'Office français de la biodiversité au moment où ses agents sont agressés physiquement par certains syndicats agricoles ? Pour qu'ils relativisent la vérité scientifique produite par l'INRAE, socle de notre recherche agronomique, et par l'ANSES, socle de notre expertise sur la santé humaine et environnementale ? Pour qu'ils tentent de soumettre nos institutions publiques de recherche aux intérêts économiques des firmes ? Pour qu'ils questionnent l'existence même de l'Ademe et organisent la disparition de l'Agence Bio ?

Qui aurait pu prédire que la France s'affranchirait de l'Accord de Paris en raison de la faiblesse de sa trajectoire carbone ?

Lors de la pandémie de Covid-19, nous étions nombreux à penser que le « monde d'après » tirerait les leçons de nos errements, de notre vulnérabilité. L'essentiel – la vie, la santé, la solidarité, le vivre ensemble – allait reprendre le dessus. Le drame du covid esquissait une promesse. Las, nous sommes finalement revenus dans le monde d'avant. Pire encore, celui de la contre-révolution écologique et de la révolution nationale.

En France comme ailleurs, les gouvernements expliquent ces reculs par le renoncement de l'opinion publique. Une forme de salubrité démocratique contrainte donc. Il n'en est rien !

3

Le *backlash* écologique… des élites

> « Le *backlash* environnemental est un mythe propagé par des lobbyistes au profit des pollueurs. »
>
> *The New York Times*, 1972[18]

Le *backlash* – ou retour de bâton – écologique est à la mode depuis quelques mois. Les médias, les chroniqueurs des chaînes d'information en continu et certains de leurs invités politiques l'invoquent sans cesse. Les Français seraient fatigués des contraintes et des sacrifices imposés par la transition écologique et s'en détourneraient. Ils exigeraient même de revenir sur les quelques avancées obtenues ces dernières années en faveur d'une agriculture moins chimique, d'une énergie plus propre ou de centres-villes où l'on respire mieux.

Les Français sont-ils devenus climatosceptiques ou climato-résignés ?

Ce retour de bâton n'est étayé par aucune enquête d'opinion sérieuse. Au contraire ! Le soutien de l'opinion publique à la lutte contre le dérèglement climatique reste très fort. Et s'il recule dans leurs priorités, c'est moins par désintérêt que du fait de la montée d'autres préoccupations, comme celles, évidentes, du pouvoir d'achat et des menaces géopolitiques. Pour celles et ceux qui douteraient, la succession d'enquêtes et de chiffres qui suit pourra paraître fastidieuse. Elle est pourtant loin d'être exhaustive.

En 2024, le Programme des Nations unies pour le développement (PNUD) a publié la plus vaste enquête d'opinion jamais réalisée sur le climat, avec des échantillons couvrant 87 % de la population mondiale[19]. Les résultats sont sans appel : 56 % des personnes sondées déclarent qu'elles y pensent chaque jour ou chaque semaine. Et pour cause : plus de 2 personnes sur 5 considèrent que les phénomènes météorologiques extrêmes se sont aggravés en 2024 par rapport à l'année précédente. Résultat : près de 8 personnes sur 10 réclament une action climatique plus forte de la part de leur pays. 86 % d'entre eux estiment même que leur pays devrait mettre de côté ses divergences géopolitiques pour collaborer davantage à la lutte contre le changement climatique. 72 % sont favorables à une transition rapide des combustibles fossiles vers des sources d'énergie renouvelables.

En France, deux tiers des personnes sondées se disent très ou extrêmement préoccupées par les effets du réchauffement climatique pour les prochaines générations. 25 % seulement considèrent que le gouvernement agit efficacement en la matière, contre 31 % qui estiment qu'il agit mal. Sans surprise, 80 % demandent à ce qu'il en fasse plus ! Une même proportion, 4 Français sur 5, déclare être déjà affectée ou s'attend à l'être dans les cinq à dix ans par les effets du changement climatique[20]. Autant considèrent qu'ils devront modifier leur mode de vie. Certains changements radicaux sont déjà envisagés : 39 % des Français jugent qu'ils devront déménager dans un endroit moins risqué et 28 % pensent qu'ils devront déménager dans une région ou un pays au climat plus frais[21].

L'institut Ipsos, dans sa grande enquête mondiale publiée en 2024[22], confirme que le soutien à l'action climatique reste très majoritaire, même si cette préoccupation recule dans le classement par rapport aux enjeux économiques et sociaux. Le changement climatique occupe la deuxième place des sujets de préoccupation à l'échelle du monde, la quatrième en France.

Une autre enquête, menée cette fois par Cluster17[23] en juillet 2023, révèle néanmoins une certaine polarisation de l'opinion sur la question du réchauffement. Pour 30 à 40 % des gens de gauche interrogés, l'écologie est une priorité absolue. C'est à peine la moitié à droite. Plus les sondés sont jeunes ou éduqués, plus le soutien est fort. À l'inverse, le soutien diminue chez les moins diplômés et les plus âgés.

Le *backlash* climatique, cette supposée fatigue citoyenne, est en réalité un artefact médiatique et politique plus qu'une vérité populaire. Il est le produit d'une alliance entre groupes d'influence menacés par la transition écologique (agro-industrie, énergies fossiles, chimie…), partis de droite – modérée comme dure – et d'extrême droite. Par conviction ou paresse, les médias valident et amplifient cette idée fausse. Résultat : alors qu'une forte majorité de concitoyennes et concitoyens reste favorable à une transition juste et ambitieuse, l'idée d'un « refus d'atmosphère » de toute avancée sur le terrain du climat et de l'écologie se diffuse dans la société.

Et cela se traduit très concrètement, au sein du gouvernement comme dans les hémicycles du Parlement français. Les discours caricaturaux, antiscience et antiécologie prennent de l'ampleur – encouragés évidemment par l'arrivée au pouvoir de personnalités réactionnaires à travers le monde, et notamment par le retour de Trump à la Maison-Blanche. Les positions développées par la majorité sénatoriale française sur les questions énergétiques ou agricoles sont à ce titre particulièrement édifiantes.

L'agriculture : la science et la santé mises à prix

Le passage de la loi dite Duplomb, du nom du sénateur Laurent Duplomb, son auteur, en est une tragique illustration. Le vote de la ruralité s'est largement détourné de la droite classique et du centre, incapables d'apporter des réponses sérieuses à la question majeure des revenus agricoles, au profit de l'extrême droite. Dans l'illusion de reconquérir les faveurs de cet électorat, la majorité sénatoriale de droite s'est attaquée férocement aux lois protégeant notre environnement et la santé de nos compatriotes.

Leur modèle d'agriculture : des exploitations immenses et mécanisées, des mégaélevages industriels et robotisés, des engrais et des pesticides à profusion pour compenser l'épuisement des sols et l'effondrement de la biodiversité et tenter de sauver un peu de marge sur des marchés agricoles mondialisés. Bref, une fuite en avant avec un modèle qui détruit déjà 100 000 fermes par décennie et laisse une grande partie des paysans épuisés, isolés, avec des salaires de misère et des conditions de travail toujours plus dures. Un modèle porté par l'agro-industrie, l'agrochimie et l'agroalimentaire, au détriment de la nature et de celles et ceux qui travaillent la terre. Un modèle économique et de subventions publiques massives qui enrichit les plus gros agriculteurs au détriment de l'immense majorité, les plus petits. Le modèle FNSEA, repris à la virgule près par nombre d'élus et de ministres. L'agribashing, c'est eux. Le *backlash* écologique, c'est aussi eux.

Il n'est pas question de culpabiliser les paysans ou de leur faire la leçon, mais bien de nous responsabiliser collectivement. La situation, les agriculteurs la connaissent mieux que quiconque. Ils affrontent au quotidien la dureté du métier, les contraintes de revenus, l'impact du dérèglement climatique, parfois la maladie.

Sur le terrain d'ailleurs, le soutien à la transition agroécologique est majoritaire chez les agriculteurs. Une étude de Parlons Climat[24], réalisée lors des manifestations d'agriculteurs de 2024, montre que 61 % d'entre eux considèrent la transition écologique comme une nécessité et 23 % disent y voir une opportunité. Selon BVA en 2024[25], 82 % des agriculteurs soutiennent les aides qui encouragent la préservation de la qualité des sols, des ressources en eau et de la biodiversité. Ils sont les premières victimes du changement climatique et ils le savent : 74 % d'entre eux déclarent déjà en subir les conséquences et veulent agir.

Les Français aussi sont en attente d'une mutation des pratiques agricoles. Selon une étude menée par OpinionWay en 2022[26], la quasi-totalité des Français (92 %) considère que le modèle d'agriculture conventionnelle doit évoluer ; 43 % d'entre eux estiment qu'une transformation radicale est nécessaire et 52 % des personnes interrogées envisagent une interdiction des intrants chimiques. Une enquête BVA de mars 2025 indique que 69 % des Français sont opposés au retour des néonicotinoïdes[27]. Selon Harris Interactive, en 2025[28], nous sommes 84 % à demander un encadrement plus strict de l'élevage intensif. Et plus nombreux encore à soutenir l'élevage paysan.

L'immense succès de la pétition contre la loi Duplomb, qui a dépassé les 2 millions de signataires en quelques jours, démontre le profond décalage entre le gouvernement, la droite et l'opinion publique. La mobilisation a touché l'ensemble du monde de la recherche et de la médecine, jusqu'aux centaines de chefs cuisiniers et restaurateurs qui exigent le retrait de la loi : « Nous faisons ce métier pour nourrir, pas pour empoisonner[29]. » Une loi partiellement censurée par le Conseil constitutionnel, justement au titre de la protection de l'environnement.

L'agriculture est peut-être le secteur où notre victoire culturelle est la plus éclatante et notre défaite en matière de politiques publiques la plus lourde. C'est bien toute la difficulté à laquelle nous sommes confrontés : les Français aiment et soutiennent les agriculteurs, mais ils souhaitent que leurs pratiques évoluent. Et dans le même temps, la pression sur les agriculteurs reste forte pour produire toujours plus et à bas prix. Une équation impossible, sauf à engager un nouveau rapport de force avec l'agro-industrie et la grande distribution afin d'améliorer les revenus agricoles.

Ce que les dirigeants de la FNSEA, étroitement liés financièrement à la triplette agro-industrie, agrochimie et agroalimentaire, refusent de faire.

Aucun autre secteur économique ne connaît une telle représentation professionnelle. Un syndicat, la FNSEA, domine presque totalement l'écosystème agricole – coopératives, mutuelles, banque (avec le Crédit Agricole), lycées agricoles… Il faut lire sur ce sujet l'excellent livre de Nicolas Legendre, *Silence dans les champs*[30], qui décrit l'omerta et la brutalité du contrôle social exercé par la FNSEA dans le monde agricole. Pendant longtemps le syndicat majoritaire désignait un éleveur à sa tête, bien qu'en réalité les céréaliers aient toujours dicté la politique du syndicat. Aujourd'hui, la FNSEA ne se cache plus et place directement à sa direction des agro-industriels, très fortunés, comme c'est le cas actuellement avec Arnaud Rousseau. Un peu comme si Bernard Arnault dirigeait la CGT sous prétexte qu'il aurait en commun l'usine avec ses ouvriers…

Malgré cela, le monde agricole fait heureusement preuve d'une certaine lucidité. En novembre 2023, ils étaient 87 % à estimer que leur point de vue était mal représenté dans le débat public[31]. Une défiance qui touche même 82 % des partisans des syndicats majoritaires, FNSEA et Jeunes Agriculteurs (JA). Les jeunes qui s'installent ne veulent plus s'épuiser seuls sur une exploitation de 150 hectares et mourir d'un cancer à quarante ans à cause des produits phytosanitaires.

Les solutions existent. Nombreux sont celles et ceux qui convertissent leur ferme, réinvestissent la ruralité ; des néoruraux s'installent avec des projets pour les terroirs ;

l'agriculture biologique compte 60 000 fermes… Des transformations trop peu valorisées. Il est temps que les 14 milliards d'euros d'argent public dépensés chaque année en soutien à nos agriculteurs accompagnent les transformations agroécologiques que la société et une bonne partie d'entre eux appellent de leurs vœux.

L'échec de l'écologie de la contrainte

Le *backlash* écologique n'est donc pas le résultat d'un mouvement de société, mais plutôt d'une stratégie de blocage par le haut de la protection de l'environnement et du climat, derrière laquelle se dissimulent des intérêts puissants et des stratégies politiques qui tentent d'imposer un anti-écologisme d'atmosphère. Cette campagne de propagande pourrait cependant entamer le soutien des Français, les plonger dans le doute, la résignation et finalement l'inaction. Utilisant massivement les réseaux sociaux et les manipulations complotistes, elle vise particulièrement les jeunes, jusqu'ici les soutiens les plus forts aux politiques en faveur du climat. Instrumentalisant la précarité sociale et l'insécurité économique, elle dresse les plus fragiles d'entre nous contre des politiques dont ils devraient être les premiers bénéficiaires.

Dès lors, poursuivons notre enquête. Pourquoi tant de renoncements sur le climat et l'environnement ? Pourquoi cette drôle de guerre qui tourne à la débâcle ?

Commençons par le plus simple. Ceux qui nous gouvernent n'ont en réalité jamais été convaincus par la transition écologique. Par éducation, par paresse, par intérêt politique ou personnel. Et l'âge ne fait rien à l'affaire : Emmanuel Macron, élu président à trente-neuf ans, ou Gabriel Attal, nommé premier ministre à trente-cinq ans, n'ont jamais manifesté le moindre intérêt pour ce sujet. Ils l'ont toujours considéré comme une contrainte, un exercice imposé.

Le dérèglement climatique, l'effondrement de la biodiversité et les pollutions sont des faits incontestables ? Les partis traditionnels ne les réfutent pas, mais tendent à en minimiser la gravité et l'urgence à agir. L'opinion publique est mobilisée ? Il leur faut donc en parler, avec ferveur, pour capter l'attention des électrices et des électeurs. Les jeunes et les moins jeunes défilent, le vote écologiste progresse ? Ils intègrent l'écologie dans leur agenda politique et progressivement législatif.

C'est ce que nous avons décrit plus haut : des objectifs, des trajectoires, des règles sont fixés. Et, forcément, des échéances ! C'est là que le bât blesse. Fichues échéances. Fichues trajectoires qui exigent l'anticipation, la planification, les moyens, l'organisation des transitions avec celles et ceux qui vont en être les acteurs, l'accompagnement social et économique de celles et ceux qui pourraient en supporter le coût. Alors ils hésitent, temporisent, procrastinent. Sauf que « plus tard », c'est souvent « trop tard ».

L'écologie de la contrainte, pensée et mise en œuvre comme telle, finit toujours par coincer. L'échéance arrive et on n'est pas prêts. Faute d'anticiper l'obstacle, on ne l'enjambe pas, on le percute. Ça râle, ça conteste, ça coalise, ça coagule, et ça finit par céder. Compliqué alors de rattraper les retards.

Et puisque ceux qui nous gouvernent refusent de revenir sur leur politique fiscale et de redistribution, les moyens manquent. Sans surprise, puisque sans conviction, les politiques écologiques sont immanquablement les premières cibles des coupes budgétaires. La glissade commence. Elle devient toboggan. Les échéances et les trajectoires d'abord, puis les objectifs et finalement le cœur des politiques sont revus à la baisse, détricotés, vidés de leur contenu.

Nous avons vu l'exemple caricatural de la rénovation thermique des logements et le coût monstrueux de ce fiasco pour la santé, le climat, le pouvoir d'achat, l'emploi et notre sécurité énergétique. Nous aborderons plus loin la taxe carbone, les fameuses ZFE (zones à faibles émissions), le ZAN (zéro artificialisation nette).

Penser les grandes transformations de nos modes de vie, de production et de consommation comme des contraintes imposées, et non comme un projet fédérateur mobilisant toutes les forces vives du pays, ne peut finir qu'en débâcle.

Puisque les citoyennes et les citoyens, eux, n'ont pas capitulé, nos gouvernants développent des stratégies d'évitement, d'accommodement. Celle du techno-solutionnisme en particulier. Ils nous promettent que, grâce à l'innovation technologique, nous pourrons continuer de vivre demain comme aujourd'hui et comme hier, sans rien changer, tout en résolvant la crise écologique. Magique. Pourquoi freiner le transport aérien puisqu'il y aura l'avion vert ? Pourquoi limiter le gaspillage et l'ébriété énergétique puisque de nouveaux réacteurs nucléaires produiront de l'électricité en abondance ? Pourquoi modifier le modèle agricole puisqu'il y aura des OGM, de nouvelles molécules phytosanitaires et des drones? Pourquoi changer, pourquoi agir maintenant si l'avenir s'en charge à notre place? Et en attendant ces temps bénis? Rien ou si peu. À l'image de George Bush qui, en marge de la Conférence de Rio en 1992, déclarait : « Le mode de vie américain n'est pas négociable ! » Fermez le ban.

Aux États-Unis, depuis l'arrivée de Trump, les projets de géo-ingénierie ont explosé. Objectif : manipuler le climat, modifier la composition chimique de l'atmosphère, en injectant par exemple du souffre dans la stratosphère. Des expériences sont menées, aux États-Unis, en Australie ou en Chine, sans aucun cadre juridique national ou international. L'argent coule à flots : des milliardaires, des fondations (Open Philanthropy Project, Bill Gates...) ont rejoint les think tanks climatosceptiques et l'industrie fossile. Des apprentis sorciers dénoncés par les climatologues. Et en attendant, « *drill, baby, drill* ». Dans *La Stratégie du choc* (Leméac/Actes Sud, 2007), Naomi Klein résume : « J'appelle "capitalisme du désastre" ce type d'opération consistant à lancer des raids systématiques contre la sphère publique au lendemain de cataclysmes et à traiter ces derniers comme des occasions d'engranger des profits. »

C'est la métaphore de la grenouille. « Plongez une grenouille dans une casserole d'eau bouillante : elle s'échappera d'un bond ! Placez-la dans l'eau froide et chauffez à feu doux jusqu'à ébullition : elle ne se rendra pas compte du danger, s'habituera aux variations de température, s'engourdira et restera passive jusqu'à mourir ébouillantée ! » Nous risquons de finir tout cuits.

Nous n'échapperons pas au débat sur le sens du progrès individuel et collectif et les impacts des nouvelles technologies. Comment imaginer encore, qu'à l'heure de l'anthropocène, le progrès puisse continuer de se déployer contre la nature et s'affranchir des dégâts qu'il provoque ?

Pas d'ambiguïtés, je suis favorable aux innovations, qui doivent être aussi sociales et démocratiques. Les secteurs de la transition écologique constituent en cela un terrain d'application privilégié. Des progrès technologiques seront indispensables pour parvenir, par exemple, à stocker efficacement l'électricité produite par les sources renouvelables intermittentes. Mais remettre à plus tard les mesures indispensables sur la base d'hypothétiques découvertes futures ou de projets carrément dangereux serait suicidaire. Surtout quand des solutions existent déjà.

Refusant d'engager une nouvelle politique d'investissement et de redistribution, acculés par les critiques sur leur absence de volonté écologique et, plus grave encore, de résultats, nos gouvernants choisissent la contre-attaque : discréditer les écologistes, la science et les institutions en charge des politiques publiques pour délégitimer le sujet et justifier le renoncement. C'est l'accommodement populiste d'Emmanuel Macron.

4

Post-démocratie et post-vérités : le nouveau front

> « Superstitions, bigotismes, cagotismes, préjugés, ces larves, toutes larves qu'elles sont, sont tenaces à la vie, elles ont des dents et des ongles dans leur fumée ; et il faut les éteindre corps à corps, et leur faire la guerre, et la leur faire sans trêve, car c'est une des fatalités de l'humanité d'être condamnée à l'éternel combat des fantômes [...].
>
> Combattons. Combattons, mais distinguons. Le propre de la vérité, c'est de n'être jamais excessive. Quel besoin a-t-elle d'exagérer ? Il y a ce qu'il faut détruire, et il y a ce qu'il faut simplement éclairer et regarder. L'examen bienveillant et grave, quelle force ! N'apportons point la flamme là où la lumière suffit. »
>
> Victor HUGO, *Les Misérables*, 1862

24 avril 2022. Emmanuel Macron vient tout juste d'être réélu. J'ai de nouveau glissé son bulletin dans l'urne au second tour. Sans partager son projet, mais sans hésiter face à Marine Le Pen : la France ne peut pas une nouvelle fois, après 1940, être dirigée par l'extrême droite. Un vote résigné, comme des millions de Françaises et de Français.

Le Président a un mot pour nous : « Je sais aussi que nombre de nos compatriotes ont voté ce jour pour moi, non pour soutenir les idées que je porte, mais pour faire barrage à celles de l'extrême droite. Je veux les remercier et leur dire que j'ai conscience que ce vote m'oblige pour les années à venir. » Huit jours plus tôt, dans le jardin du Pharo à Marseille, en bras de chemise, il clamait : « La politique que je mènerai dans les cinq ans à venir sera écologique ou ne sera pas. » Vaste plaisanterie.

Dès 2014, dans un autre ouvrage, j'évoquais le concept de post-démocratie développé par le sociologue politique Colin Crouch. « Nous avons la démocratie, nous avons les institutions, mais elles n'intéressent plus personne. Les citoyens votent, mais beaucoup ne savent pas pour qui ils doivent voter. La démocratie continue à exister, mais elle a perdu ses énergies vitales[32]. »

La situation n'a fait qu'empirer depuis : les gouvernements se succèdent, prétendant parfois à l'alternance, mais leurs politiques sont en réalité formatées par les mêmes logiciels et leurs pratiques marketées par les mêmes agences de communication.

La mise en scène du pouvoir prime sur son exercice. La technocratie règne en maître. Le libéralisme économique, avec son autoproclamé « cercle de la raison », n'est plus qu'un corporatisme de classe. Il se résume à la formule thatchérienne : « *There is no alternative.* » L'impuissance politique au service des puissances économiques est érigée en vertu politique.

Malgré cette impasse, le libéralisme ne rompt pas. Il mute. D'abord en abandonnant sa promesse d'émancipation. Car pour survivre et maintenir une concentration toujours plus inégalitaire des richesses et des pouvoirs, il devient autoritaire.

L'extrême droite, quant à elle, assume de plus en plus son alliance avec le pouvoir économique et culturel en place. Aux États-Unis, au Brésil et en Europe, de grandes fortunes ont choisi l'autocratie plutôt qu'un peu de justice fiscale. Le Medef, pendant les élections législatives d'après dissolution, n'a cessé d'appeler à faire barrage… au Nouveau Front populaire, plutôt qu'à l'extrême droite. Front nanti contre front républicain. Des années 1930 à la réélection de Trump, l'Histoire nous apprend pourtant que la seule colère populaire n'assure pas la victoire de l'extrême droite, c'est toujours la compromission morale et le basculement d'une partie des élites économiques, intellectuelles et politiques qui lui offrent le pouvoir politique.

Sans corde de rappel, libéralisme autoritaire et autoritarisme libéral convergent désormais et deviennent les deux faces d'une même pièce : l'illibéralisme. Avec un paradoxe : les gagnants des injustices fiscales, outrageusement servis par un libéralisme débridé et savamment flattés par l'extrême droite, rejoignent les perdants de ces mêmes injustices. C'est l'alliance contre-nature de la minorité carnassière qui festoie et de ceux qui veulent renverser la table. L'alliance de ceux qui profitent du présent et des nostalgiques du passé. *No future !*

Pour beaucoup de nos concitoyens, l'impuissance politique s'est muée en impuissance démocratique. Dépossédés des leviers du changement, expropriés de leur propre destin, ils ont mis la démocratie en examen. Certains l'ont déjà condamnée pour abandon des classes populaires et moyennes, des territoires ruraux et périphériques. On l'entend partout : à quoi sert la démocratie si elle ne réduit pas mon insécurité économique, sociale, culturelle, territoriale ? Si elle n'allège pas mes difficultés du quotidien ? À quoi sert d'aller voter si la démocratie ne prend pas soin de moi, ne me respecte pas, ne me reconnaît pas ? Si la démocratie ne sert plus la justice, individuelle et collective ? Si elle ne permet pas de s'attaquer aux grands enjeux du climat et du vivant ? Un défi pour tous les démocrates.

L'idée même de liberté, celle des Lumières – la liberté du citoyen s'arrête là où la liberté d'un autre citoyen commence – est dévoyée. Cette liberté, berceau de l'émancipation individuelle et collective, du respect et de la tolérance, de « la sociabilité humaine », pour reprendre la formule d'Hugo, devient une liberté de repli, du droit à la détestation, du droit à la différence exercé aux dépens des autres. Leur liberté d'expression, c'est le droit à la parole raciste et antisémite, au rejet de la solidarité propagé par les nouveaux prophètes libertariens. La liberté *avec* l'autre se mue en une liberté *contre* l'autre.

Tocqueville déjà nous alertait : « Le despotisme (...) retire aux citoyens toute passion commune, tout besoin mutuel, toute nécessité de s'entendre, toute occasion d'agir ensemble ; il les mure, pour ainsi dire, dans la vie privée. Ils tendaient déjà à se mettre à part : il les isole ; ils se refroidissaient les uns pour les autres : il les glace[33]. »

Pour qu'une telle confusion s'installe, il faut que les fondations de la démocratie, de notre pacte républicain et de notre contrat social, soient sérieusement ébranlées. Comment pourrait-il en être autrement quand la mondialisation met en concurrence les salariés, les territoires et les choix de société, qu'elle subordonne partout l'intérêt général aux intérêts privés ? C'est bien parce qu'elle abandonne ici les classes populaires pour mieux les exploiter de l'autre côté de la planète que la mondialisation produit de la défiance, des peurs, et parfois le rejet et la haine de l'autre. Quelle ouverture peut-on offrir aux exilés du monde quand on se sent soi-même un exilé de l'intérieur ?

Nous voyons combien nos sociétés sont désormais prises de vertige. Au fracas des chocs climatiques et pandémiques, des guerres avec leurs cortèges d'atrocités, s'ajoutent les pénuries et l'explosion des prix énergétiques et alimentaires, la précarité et le darwinisme social, l'avènement tumultueux d'un nouvel ordre mondial, fondé non plus sur le droit, mais sur la seule puissance et la loi du plus fort, les manipulations conspirationnistes des réseaux sociaux et de certains médias, le pillage des ressources, la concentration indécente des richesses et leur corolaire, la fragmentation de nos sociétés… Cette insécurité locale et globale, individuelle et collective, alimente les peurs et les colères, dégénère en crise identitaire dans laquelle s'engouffrent les populismes et les communautarismes, le racisme et l'antisémitisme.

Le présent angoisse, l'avenir tétanise, le vide nous aspire. Le passé fantasmé devient un refuge.

Nos gouvernants l'ont bien compris. Par intérêt, par incapacité à rompre avec le monde d'avant, par refus de solutions qui ne sont pas les leurs, par lâcheté aussi, ils n'ont plus qu'une échappatoire : détourner la colère du peuple de leur impuissance volontaire et fragmenter la société pour se maintenir en place. Organiser la culpabilisation et la compétition des laissés-pour-compte : ruraux contre quartiers populaires, usagers contre fonctionnaires, travailleurs pauvres et précaires contre chômeurs, nationaux contre migrants... Et ressortir des poubelles de l'Histoire le même immonde stratagème : celui du bouc émissaire.

Le retour de Donald Trump à la Maison-Blanche dope la vague réactionnaire mondiale qui amène au pouvoir les pires autocrates, climatosceptiques, racistes, misogynes, homophobes. Les libéraux pointent du doigt des boucs émissaires pour masquer leur impuissance ? Trump excelle à ce sport. Il met en scène la puissance politique retrouvée en attaquant brutalement les ennemis qu'il a désignés à la vindicte populaire : expulsion, criminalisation, répression... L'indésirable n'est plus une rhétorique moisie, c'est un programme d'action politique. Il nous faut pleinement mesurer le bouleversement que représente le retour de Trump au pouvoir : la remise en cause assumée, et démocratiquement validée, de l'héritage des Lumières et de tout l'édifice construit après la Seconde Guerre mondiale pour consolider les démocraties, protéger les libertés et asseoir l'État de droit, au niveau national comme international.

Les attaques ont été préparées et se déploient. La censure est de retour, elle va jusqu'à interdire le mot climat et tous les termes relatifs aux sciences sociales et aux discriminations dans les publications. Une dynamique désormais internationale. En 2012, Trump clamait que « le concept du réchauffement climatique a été créé par et pour les Chinois, pour rendre l'industrie américaine moins compétitive ».

En 2023, Javier Milei vociférait : « Toutes ces politiques qui accusent l'Homme d'être responsable du changement climatique sont bidons, et la seule chose que ces politiques cherchent à faire est de collecter de l'argent pour financer des minables socialistes qui écrivent des articles merdiques. »

Le temps et l'espace se sont écrasés. L'Europe n'a pas attendu le retour de Trump pour être à son tour gangrénée par le populisme.

L'accommodement populiste d'Emmanuel Macron

On pouvait espérer qu'Emmanuel Macron, élu deux fois grâce au front républicain, mettrait de côté son obsession libérale pour s'engager résolument dans la protection de notre démocratie et la réconciliation du pays. Il n'en a rien fait. Pire, la torsion des institutions n'y suffisant plus, il a lui aussi franchi le Rubicon des « réalités alternatives ».

Depuis 2017, le Président a fragilisé les fondements de notre État de droit : équilibre et séparation des pouvoirs, respect du suffrage universel et de la volonté populaire, défense des libertés privées et publiques, d'expression et de manifestation. Il a abîmé la démocratie territoriale en méprisant et en affaiblissant les collectivités locales. Il a affaibli la démocratie sociale et les corps intermédiaires en attaquant les prérogatives des partenaires sociaux et en rognant le pouvoir des salariés dans l'entreprise.

S'il a mis en scène à peu près toutes les formes de démocratie participative et délibérative, c'est en réalité pour mieux les disqualifier. Au mépris de celles et de ceux qui y ont participé avec enthousiasme et sens du devoir. Il a coupé les financements des associations, en particulier sur les territoires abandonnés par la République ; descendu en plein vol le rapport Borloo sur les banlieues construit avec les élus et les acteurs non étatiques de terrain ; enterré le grand débat national et ses cahiers de doléances qui ont vu des millions de Français contribuer à une tentative de sortie par le haut du mouvement des gilets jaunes ; sabordé la Convention citoyenne sur le climat qui avait démontré que 150 citoyens représentatifs de notre société peuvent construire une expertise et trouver des solutions au plus grand défi de l'humanité.

Les lois sur les retraites et sur l'immigration sont les plus flagrantes illustrations de cette dérive. La première parce qu'elle rompt avec l'esprit et la pratique démocratique. La seconde avec notre pacte républicain.

Pour la première fois de manière assumée, le président de la République, son gouvernement et une partie de sa majorité ont repris les vérités alternatives de l'extrême droite. Les mensonges assénés il y a vingt ans par le FN de Jean-Marie Le Pen, alors unanimement dénoncés par la classe politique, sont désormais brandis par la majorité en place : l'immigration est devenue incontrôlable ; notre modèle social est trop généreux ; régulariser les travailleurs sans papiers, les soigner grâce à l'Aide médicale d'État sont des appels d'air à une immigration massive, au grand remplacement…

Mensonge, mensonge et mensonge. Pas une étude, pas un rapport, pas un expert en France et ailleurs ne corrobore de telles affirmations. On peut s'interroger sur la dignité de « responsables » politiques instrumentalisant, stigmatisant et humiliant des millions de nos concitoyens et les rescapés de l'exil. Un exercice de triangulation dont toutes les études démontrent pourtant qu'il renforce d'abord le camp qui les porte avec la plus grande cohérence. L'inverse du résultat escompté. La copie et l'original… on connaît la formule[34]. Comment le président et ses alliés ont-ils pu se croire à ce point mithridatisés qu'ils ne succomberaient pas au poison lent de la xénophobie ?

Il faut tout autant s'interroger sur la façon dont les médias, bien au-delà de ceux de Bolloré, se sont délectés avec perversité de la polarisation et de la violence des débats, sans jamais revenir aux faits, aux expertises, à la science, à la plus élémentaire humanité. L'encanaillement avec le racisme comme remède à l'ennui. Le divertissement malsain des post-vérités pour faire de l'audience.

Aux termes d'un débat parlementaire venimeux, Emmanuel Macron et la droite auront entériné la préférence nationale, vieille rengaine FN, la perspective de supprimer l'Aide médicale d'État – notre serment d'Hippocrate républicain –, et la maltraitance des réfugiés. Ils s'en sont même pris aux étudiants étrangers. Une rupture avec l'Histoire de notre pays. Depuis le XIIIe siècle, l'université française attire des étudiants du monde entier, contribuant à sa richesse et à son rayonnement dans le monde. Heureusement – mais pour combien de temps ? –, le Conseil constitutionnel les a renvoyés à leur indigence en sanctionnant nombre de dispositions contraires à nos valeurs et nos principes.

Emmanuel Macron n'est certes pas Trump et il n'a pas créé l'extrême droite. La montée des populismes est globale. Françoise Giroud nous mettait en garde : « Ainsi commence le fascisme. Il ne dit pas son nom, il rampe, il flotte, quand il montre le bout de son nez, on dit : C'est lui ? Vous croyez ? il ne faut rien exagérer ! Et puis un jour on le prend dans la gueule et il est trop tard pour l'expulser[35]. » Le président de la République, lui, n'en a tiré aucune leçon et ne fait rien pour le combattre efficacement, au contraire. Il a préféré, comme souvent, s'en accommoder, épouser l'air du temps.

C'est le même populisme qui gangrène nos politiques climatiques et environnementales : surveillance et répression des militants écologistes, coupes budgétaires drastiques pour la transition écologique, attaques répétées contre les agences environnementales, remise en cause des avis scientifiques et des institutions de recherche… Une incurie qui s'organise aussi dans notre Parlement. Le climatoscepticisme qu'on croyait enterré ressurgit.

5

Climatoscepticisme : une fabrique du doute politiquement organisée

> « La vérité, c'est comme la lumière, aveugle. Le mensonge, au contraire, est un beau crépuscule qui met chaque objet en valeur. »
>
> Albert CAMUS, *La Chute*, 1956

3 juillet 2025. Des inondations meurtrières frappent le Texas. Des dizaines de personnes, dont 37 enfants, sont englouties par des crues effroyables. La région, surnommée *Flash Flood Valley*, la vallée des inondations éclair, est pourtant habituée à ces submersions soudaines. Mais, avec le réchauffement des océans, les pluies diluviennes que connaît régulièrement ce territoire se transforment en *rain bombs*, des bombes de pluies. Et au milieu de cette terrible nuit, elles ont fait monter le niveau de la rivière Guadalupe de 8 mètres en quarante-cinq minutes.

Les élus républicains texans refusaient de renforcer les systèmes d'alerte. Au niveau fédéral, en quelques semaines, l'administration Trump avait supprimé des milliers de postes de salariés et de chercheurs dans les services de prévisions météorologiques, à la National Oceanic and Atmospheric Administration (NOOA) et au National Weather Service (NWS), dont plusieurs centaines dans l'État du Texas. Elle a coupé d'un quart leur budget, sapant les systèmes d'anticipation, d'alerte et de coordination des secours. Après la catastrophe du Texas, la porte-parole de la Maison-Blanche, Karoline Leawitt, a réagi : « Tenir le Président Trump pour responsable de ces inondations est un mensonge odieux. C'était un acte de Dieu ! » Par principe, c'est toujours la faute des autres : les démocrates, les immigrés, Dieu !

En France, en novembre 2023, pendant trois mois, plus de 200 communes du Pas-de-Calais ont subi des crues historiques des cours d'eau de l'Aa et de la Canche, consécutives au passage des tempêtes Ciaran et Domingos. Près de 300 000 habitants sinistrés, plus d'un demi-milliard d'euros de dégâts.

Dans la commune de Blendecques, l'une des plus touchées, la liste du RN aux élections européennes du 9 mai 2024 dépasse les 50 %, celle des Écologistes obtient à peine 2 % des voix, l'abstention atteint 54 %. En France comme partout, on rencontre le désespoir, la colère, le même sentiment d'être abandonné quand tout a été ravagé. Lors des déplacements sur place, on écoute, on compatit, on en prend parfois « plein la gueule ». On évoque les secours et la protection civile, le relogement provisoire, évidemment l'aide financière pour réparer, reconstruire, retrouver sa vie. Ce n'est pas le moment de parler de changement climatique ou d'artificialisation des sols à ces familles qui ont parfois tout perdu, les meubles, les jouets des enfants, les vêtements, les souvenirs…

Dans son reportage à Blendecques, Stéphane Mandard[36] du *Monde* recueille des témoignages similaires : « On ne croit plus en la politique », « Qui peut régler le problème du réchauffement climatique ? », « Les gens votent RN car ils ont en marre, c'est très simple. » Certains attaquent les écologistes : « Dans le quartier, tout le monde est en colère contre ces écolos qui préfèrent sauver les grenouilles plutôt que les maisons en interdisant les curages pendant les périodes de reproduction. » Combien de fois ce mensonge a-t-il été proféré par les responsables politiques locaux et nationaux ? Des élus sans scrupules qui désignent un bouc émissaire imaginaire à la vindicte populaire plutôt que d'assumer leur incurie à entretenir les infrastructures dédiées à la gestion de l'eau de ce polder, leur soutien à une agriculture intensive qui a détruit les haies et durci les sols, laissant ruisseler l'eau plutôt que de l'absorber, leurs projets de zones commerciales, au détriment des commerces de centre-ville, artificialisant toujours plus les terres et favorisant les inondations.

Avec la montée des périls, les politiques climatiques et les écologistes sont devenus un point de cristallisation pour l'extrême droite, et désormais la droite. Qu'avons-nous raté, de notre côté, pour que leurs arguments fassent mouche ?

Il ne faut surtout pas sous-estimer l'impact des discours antiécologie sur la mobilisation citoyenne. La perception qu'on a de l'engagement des autres influence notre propre engagement. Elle peut générer du désinvestissement si l'on pense qu'un combat ne peut pas être gagné. Ainsi, une étude internationale publiée en 2025 dans *Nature Climate*

Change[37] révèle que 89 % des personnes interrogées dans 125 pays souhaitent que leur gouvernement agisse davantage contre le changement climatique[38]. Pourtant, la majorité d'entre eux estiment – à tort donc – que cette opinion est minoritaire. Ce phénomène est appelé « spirale du silence ».

Plusieurs recherches ont par ailleurs démontré la méconnaissance de l'opinion publique qu'ont les responsables politiques. Aux États-Unis, près de 80 % des collaborateurs du Congrès ont sous-estimé le soutien de la population à la limitation des émissions de carbone, parfois de plus de 50 points de pourcentage[39]. Cynthia Frantz, psychologue sociale et environnementale à l'Oberlin College, souligne que « s'inquiéter du changement climatique est actuellement une préoccupation que les gens expriment en grande partie dans leur intimité ; nous sommes enfermés dans une spirale de silence autoréalisatrice ».

Agir sur cette perception est donc essentiel. De nombreuses initiatives portées par des journalistes tentent de rétablir la réalité du soutien populaire aux politiques environnementales. Un travail ô combien nécessaire tant les médias traditionnels désertent le terrain de l'écologie. Les progrès réalisés, par exemple, sur les bulletins météorologiques intégrant de la pédagogie climatique ne peuvent masquer l'invisibilisation du climat dans les médias. C'est le constat alarmant du collectif Quota Climat, porté par des journalistes, des chercheurs, des membres de la société civile et des associations, pour objectiver, documenter et réformer la manière dont les grands médias audiovisuels abordent les questions climatiques et environnementales. Leur travail révèle une marginalisation structurelle des enjeux climatiques dans l'espace médiatique.

Selon les données recueillies pour l'année 2022[40], moins de 2 % du temps d'antenne sur des chaînes comme France 2 ou BFM-TV a été consacré à des sujets liés au climat. Cette part tombe même à 0,7 % sur TF1, pourtant l'une des principales chaînes d'information du pays. Durant les campagnes électorales, le climat reste quasi absent des débats publics télévisés. Une situation qui empire : selon l'Observatoire des médias sur l'écologie, le temps consacré par les radios et les télévisions aux enjeux écologiques a diminué de 20 % en 2024 par rapport à 2023[41].

On a pu croire que la prise de conscience climatique serait toujours croissante. Bien sûr il y a ceux qui ne veulent pas voir ou savoir, qui réfutent la science, qui s'enlisent dans le déni. Les climatosceptiques existent et existeront, mais on les pensait marginalisés. C'était optimiste.

Les dynamiques des dernières années sont inquiétantes. Dans l'enquête Obs'COP 2024 déjà citée, Ipsos révèle que, si le changement climatique est une réalité qui fait consensus pour 9 Français sur 10, un tiers de la population reste « climatosceptique ». Un chiffre terrifiant, repris en boucle par les médias qui y voient, sans surprise, la confirmation du *backlash* écologique. Sauf que, une fois encore, la réalité est plus complexe. 10 % des sondés nient effectivement l'existence du changement climatique (ce qu'on appelle le dénialisme). Et 23 % doutent que les activités humaines en soient la cause. C'est cette forme de climatoscepticisme qui progresse depuis quelques années. Un doute qui touche toutes les catégories de la population avec néanmoins un début de polarisation sociale.

On mesure alors combien les coupes budgétaires pratiquées dans l'accompagnement social à la transition sont délétères. Elles n'entament pas seulement les dynamiques nécessaires. Mais en ciblant celles et ceux qui sont les plus impactés par les mesures de transition, elles attisent la fragmentation déjà à l'œuvre de la société, quand nous devrions faire cause et mobilisation communes face au défi climatique. Et on comprend mieux alors pourquoi la droite et l'extrême droite sont des artisans acharnés de cette fabrique du doute[42]. Tout en se revendiquant – il va sans dire ! – d'une écologie « du bon sens », « pragmatique », « réaliste », en un mot : vide.

La polarisation politique, en effet, est nette : le climatoscepticisme concerne entre 12 et 17 % des sympathisants à gauche et au centre, et monte à 34 % pour Les Républicains et 48 % pour les sympathisants RN, selon Ipsos.

En 2016, Nicolas Sarkozy affirmait ainsi qu'« on parle beaucoup de dérèglement climatique, c'est très intéressant mais ça fait 4,5 milliards d'années que le climat change. L'Homme n'est pas le seul responsable de ce changement. »

En 2023, Marine Le Pen estimait que « le GIEC a toujours été très, très alarmiste ». Une histoire de famille. Marion Maréchal déclarait en 2024 sur BFM-TV : « Je ne remets pas en cause le fait qu'il y ait un réchauffement climatique. Maintenant, le seul débat qu'il y a, mais je crois que personne ne l'a véritablement tranché, pas même les experts, excusez-moi, c'est de savoir quelle est la part de la responsabilité humaine. »

Selon une enquête de l'Ademe[43] réalisée en 2020, 20 % des parlementaires considéraient que « les scientifiques exagèrent les risques du changement climatique » et 15 % que l'on n'en connaît pas les « vraies raisons ». Une catastrophe démocratique. Et un tsunami à droite : 44 % des élus jugeaient que la science exagère (contre 5 % à gauche) ; seulement 28 % que le réchauffement est une certitude scientifique et qu'il est d'origine humaine.

Si on n'a pas ces chiffres en tête, on ne comprend rien au nombre de textes soumis au Sénat et à l'Assemblée qui relativisent les faits et les vérités. Et encore, les chiffres de l'ADEME datent de 2020, une époque où le RN ne comptait que 8 députés. Contre 143 en 2024 !

C'est dans ce lugubre bruit de fond de vérités alternatives qu'il faut interpréter les propos du président Macron lors de ses vœux du 31 décembre 2022 : « Qui aurait pu prédire […] la crise climatique aux effets spectaculaires encore cet été dans notre pays ? » Une caution accordée au camp d'en face. Gonéri Le Cozannet, géologue et coauteur du dernier rapport du GIEC, avait alors répliqué : « Qui aurait pu prédire la crise climatique ? C'est amusant, c'est exactement une de mes boutades préférées pour moquer les politiciens qui vivent hors du réel. »

6

L'extrême droite, une antiécologie « naturelle »

> « Ils avaient avancé en suivant une série impressionnante d'objectifs intermédiaires, fruit de projets insignifiants, généralement vils. C'est tout. J'appris ainsi que la superposition dans le temps de décisions négligeables, veinées de lâcheté, peut mener loin, et même à une forme d'héroïsme poétique. L'épopée des têtes de cons. »
>
> Alessandro BARICCO, *Abel*, 2024[44]

L'extrême droite, en France comme ailleurs, a fait de l'antiécologie un pilier de son discours. À sa détestation des étrangers, elle a ajouté celles des écologistes et des féministes. Leur logiciel du « nous » contre « eux », leur nationalisme bas de front sont incompatibles avec une réalité fort simple : le dérèglement climatique ne connaît pas de frontières et nécessite la coopération et la mobilisation de l'ensemble de la communauté humaine.

Le seul discours porté par le RN sur l'écologie est celui d'une forme d'hygiénisme, d'une pureté fantasmée de la nature : « La terre, elle, ne ment pas », affirmait Pétain en juin 1940 ; la société comme la nature seraient polluées par des « espèces invasives », l'Arabe ici, là le frelon asiatique ! Une aberration, tant la nature est une ode à l'intrication des espèces, à leur diversité, à leurs différences et à leur commune interdépendance, à l'hybridation et au métissage.

L'extrême droite s'est saisie de la montée en puissance de l'écologie pour bâtir et porter un contre-discours. Je l'ai dit plus haut, en gagnant la bataille culturelle, l'écologie a fait davantage qu'ajouter un sujet à l'agenda politique. Parce qu'elle touche à l'essence même de la vie et pose la question de nos conditions de survie, l'écologie a émergé, telle la mue de la chrysalide en papillon, en responsabilité individuelle, en norme sociale, en principe moral.

Que naisse alors un contre-feu, un contre-discours face à une norme devenue majoritaire, rien de nouveau dans l'histoire des idées. Plus l'écologie est perçue comme une norme, et plus elle devient politiquement correcte et donc déchaîne la machine à fabriquer des *fake news*, du complotisme, de la rage.

Le rejet de l'écologie dégénère parfois en carbo-fascisme[45] : l'alliance de l'extrême droite avec l'industrie pétrolière. Une alliance « naturelle » contre le climat, puisque nombre de puissances pétrogazières sont des autocraties ou des dictatures et qu'elles partagent avec l'extrême droite « occidentale » la haine de la démocratie.

Puisque c'est la raison qui nous est commune et nous rend universels, l'extrême droite en conteste le principe même : la science est une opinion des élites pour manipuler le peuple ! Pour justifier son rejet du totalitarisme communiste, Albert Camus écrivait : « On ne décide pas de la vérité d'une pensée selon qu'elle est de droite ou de gauche et encore moins selon ce que la droite et la gauche décident d'en faire[46]. » À l'extrême droite, la haine des intellectuels est viscérale. Elle n'est pas sans rappeler la naissance même du mot « intellectuel », pendant l'affaire Dreyfus, quand il s'agissait pour les antidreyfusards de disqualifier les personnalités qui s'étaient levées pour la vérité et la justice.

Giuliano da Empoli a méticuleusement déconstruit la machine nationale-populiste[47]. « La montée des populismes a pris la forme d'une danse effrénée qui renverse toutes les règles établies et les transforme en leur contraire. Les défauts des leaders populistes se transforment, aux yeux de leurs électeurs, en qualités. Leur inexpérience est la preuve qu'ils n'appartiennent pas au cercle corrompu des élites et leur incompétence est le gage de leur authenticité. Les tensions qu'ils produisent au niveau international sont l'illustration de leur indépendance, et les *fake news*, qui jalonnent leur propagande, la marque de leur liberté d'esprit. »

Ainsi, lorsque Donald Trump, en pleine campagne, raconte qu'à Springfield, dans l'Ohio, « ils mangent les chiens, les gens qui immigrent, ils mangent les chats », il sait parfaitement que c'est un mensonge grossier et indigne. Et beaucoup d'électeurs ne le prennent pas non plus au premier degré. Mais comme, pour nombre d'entre eux, leur animal est un membre à part entière de la famille, ils adhèrent au message : les immigrés s'attaquent à la famille, pilier de la société blanche américaine. Et peu importe qu'une partie de la communauté locale se retrouve ainsi stigmatisée et menacée.

Giuliano da Empoli poursuit : « Le conspirationniste propose toujours un message flatteur. Il comprend l'énervé, il connaît sa rage et il la justifie : ce n'est pas de sa faute, c'est celle des autres, mais lui peut encore se racheter en devenant un acteur de la bataille pour la vraie justice[48]. »

Une stratégie qui a trouvé l'espace pour se déployer pleinement et mener une guerre informationnelle : celui des réseaux sociaux.

Les réseaux sociaux :
le no man's land *de la raison*

Les réseaux sociaux sont devenus le champ de bataille dont les « ingénieurs du chaos » maîtrisent parfaitement chaque vallon, chaque fossé. Du Mouvement 5 étoiles en Italie à l'extrême droite aux États-Unis puis en Europe, ces partis ont fait des réseaux sociaux de puissants outils de désinformation, de polarisation, d'adhésion, de communautarisation conspirationniste et finalement – c'est bien l'objectif – de propagande électorale. Ils utilisent pour cela chaque trace que nous laissons sur les réseaux et les plateformes.

Le populisme se caractérise par sa capacité à envoyer à différents groupes ciblés les messages qu'ils ont envie d'entendre, en s'affranchissant de toute cohérence d'ensemble. Avec les réseaux sociaux, cette capacité devient quasiment infinie.

On est très loin des médias traditionnels qui assument la responsabilité de leurs publications, qui ont des équipes de *fact-checking*, qui posent des questions dérangeantes, qui enquêtent de façon indépendante… C'est aussi pour cela que l'extrême droite les attaque, les dénonce comme partie prenante de l'establishment, de l'élite contre le peuple, et veut privatiser l'audiovisuel public.

Une enquête portant sur 46 millions de messages en Europe (Facebook, Instagram, Youtube, Twitter…)[49] montre que l'extrême droite, AFD en Allemagne, Vox en Espagne, Lega et Mouvement 5 étoiles en Italie, y a une présence très supérieure aux autres partis politiques, en occupant au moins le tiers des mentions. Et nous savons que la vérité prend 6 fois plus de temps qu'une *fake news* pour toucher le même public.

L'espace virtuel impacte profondément les perceptions du monde et des faits. Les réseaux sociaux sont devenus la première source d'information chez les dix-huit–vingt-quatre ans[50]. Sur Facebook, les plus de soixante-cinq ans partagent 7 fois plus de *fake news* que les dix-huit–vingt-neuf ans[51].

La rage a donc trouvé un débouché. La parole raciste, antisémite, sexiste et LGBTphobe se libère. Les mensonges sont omniprésents, les insultes pleuvent. Les réseaux sociaux, qui ont organisé leur impunité en échappant au statut d'éditeur, décuplent la diffusion et l'impact de ces messages. Ils sont devenus le terreau principal du climatoscepticisme et du populisme.

En 2023, une équipe du CNRS[52] a collecté et analysé plus de 400 millions de tweets en lien avec le changement climatique publiés depuis 2016. L'étude montre que le réseau social préféré des journalistes et des responsables politiques est devenu le terrain de jeu d'une nébuleuse climatosceptique, avec 30 % des comptes Twitter s'exprimant sur les questions climatiques. Une communauté en pleine expansion et très organisée, étroitement liée à l'extrême droite, antivax et pro-Kremlin. En outre, près de 25 % des tweets commentant l'annonce du retrait décidé par Donald Trump des États-Unis de l'Accord de Paris émanaient de comptes de robots.

Une désinformation qui touche dorénavant les médias classiques. Les ONG Data For Good, QuotaClimat et Science Feedback ont trouvé, sur le seul premier trimestre 2025, 128 cas de désinformation climatique dans les médias audiovisuels et radiophoniques français : Sud Radio est en tête avec 40 cas de désinformation repérés, suivie par CNews (26 cas), LCI (11 cas), RMC (11 cas), BFM-TV (10 cas) Europe 1 (10 cas), et même France Info (9 cas). Sud Radio et CNews ont fait l'objet de sanctions.

Les *fake news* ainsi propagées concernent d'abord l'origine humaine du réchauffement. Toujours la fabrique du doute. Elles ciblent aussi les solutions comme la voiture électrique et les renouvelables, les deux grands leviers de décarbonation. Dans *Novethic*[53], Jean Sauvignon, de QuotaClimat, avertit : « Quand la désinformation climatique existe dans les médias traditionnels, elle se normalise et nous entrons dans l'ère de la post-vérité, le débat cesse d'être éclairé et informé, et la confusion faits/opinions naît. »

La science : la dernière tranchée

« La liberté d'opinion est une farce si l'information sur les faits n'est pas garantie[54] », écrit Hannah Arendt. Il ne suffit pas aux nationaux-populistes de proférer des mensonges, de fabriquer un monde de vérités alternatives et de harceler les scientifiques sur les réseaux sociaux. Ils s'attaquent à la science elle-même.

Le 31 mars 2025, 1 900 scientifiques américains lançaient un appel : « La recherche américaine est en danger. » Un massacre visiblement planifié. Les lobbys fossiles jubilent, comme les courants religieux les plus réactionnaires qui prônent l'enseignement du créationnisme à l'école.

Les conséquences pour les États-Unis comme pour le reste du monde sont catastrophiques. Une équipe de l'American University a évalué à 3,8 % la perte de PIB américain liée à une baisse de 25 % du soutien public à la recherche. Un coût comparable à celui de la crise financière de 2008.

La France n'échappe pas à cette dérive. Au pays de Descartes et de Pasteur, notre recherche, nos institutions et leurs équipes sont malmenées, maltraitées, menacées parfois de disparition, soumises à de lourdes coupes budgétaires. La liberté académique est contestée, l'indépendance des travaux et des avis scientifiques des agences publiques remise en cause pour les soumettre aux intérêts économiques et au déni politique.

Dans le débat parlementaire sur la loi Duplomb, nous avons été confrontés au déni complet du gouvernement et de la droite sénatoriale sur les conséquences sanitaires de l'exposition aux pesticides. Cancers de la prostate, lymphomes, cancers pédiatriques, maladies neurodégénératives comme la maladie de Parkinson, infections pulmonaires et troubles du développement neurologique chez les enfants relevaient à leurs yeux d'un délire conspirationniste contre les agriculteurs, qui en sont pourtant les premières victimes.

Déni aussi des solutions : sollicité deux fois par le gouvernement, un comité d'experts piloté par l'INRAE a conclu à l'existence d'alternatives à l'acétamipride (le néonicotinoïde réautorisé par la loi Duplomb) plus efficaces et moins dangereuses, y compris agroécologiques, avant que cette disposition ne soit invalidée par le Conseil constitutionnel.

Un déni scientifique unanimement dénoncé par le CNRS, plus de vingt sociétés savantes médicales, l'Ordre des médecins, les administrateurs de l'Anses, des dizaines de mutuelles de santé, la Ligue contre le cancer... Rien n'y a fait. La droite au gouvernement et dans l'hémicycle a repris exactement les mêmes arguments utilisés par leurs prédécesseurs pour retarder l'interdiction du chlordécone et de l'amiante. Combien de morts depuis ? Combien de malades ? Combien de vies brisées ? Combien de familles endeuillées ? Aucun des responsables politiques de l'époque n'a jamais été condamné pour les décisions politiques criminelles d'alors. Mais les malades de demain ne pardonneront pas aux dirigeants d'aujourd'hui. Et ils devront rendre des comptes, y compris devant la justice.

Pendant ce temps, la Chine investit massivement dans la recherche, et particulièrement dans les secteurs stratégiques du numérique et de l'intelligence artificielle, des énergies vertes, des batteries, de la défense... En un quart de siècle, ses investissements en recherche et développement sont passés de 4 à 26 % des dépenses mondiales. Nous sapons nos propres perspectives de trouver les solutions aux grands défis du siècle et nous abandonnons à d'autres, dont le modèle politique est antinomique du nôtre, la souveraineté technologique et industrielle de demain. Le relativisme scientifique nous condamne.

L'extrême droite, en rupture avec les Lumières, nous propose donc de retourner dans la caverne de Platon. Une caverne pleine de préjugés alimentés par la peur, l'angoisse et la rage, où les esprits sont conditionnés, non par la vérité, mais par le jeu d'ombres déformées qui se projettent sur ses murs. Un jeu de vérités alternatives qui enchaînent les individus à de nouvelles croyances, dont la seule vocation est de favoriser l'accession au pouvoir de ceux qui les propagent. Tout plutôt que l'éducation, la connaissance, le débat éclairé. Et une croisade contre la science.

Il y a bien une incompatibilité de principe entre l'écologie et l'extrême droite. En revanche, il ne nous faut surtout pas sous-estimer l'impact des attaques contre « l'écologie punitive » qui menacerait nos modes de vie, la France, les pauvres, le peuple. Car elles instrumentalisent un sentiment profond et légitime : pour être acceptables, les politiques climatiques doivent être justes et efficaces, ses promoteurs exemplaires. Ce qu'ils n'ont jamais été jusqu'ici.

La précieuse enquête menée par Parlons Climat, déjà citée, montre que si la confiance dans la science diminue quelque peu – mais demeure très majoritaire –, « le climatoscepticisme est une réaction à ce qui est perçu comme une menace ». Ainsi l'origine anthropique du changement climatique renvoie chacune et chacun à son mode de vie et peut donc générer un sentiment de culpabilité qui, s'il devient insupportable, peut se transformer en opposition à l'action climatique. « Quand la lutte environnementale remet en cause le système de valeurs, l'identité, l'idéologie politique ou le mode de vie de certains individus, ils ont des chances, plus ou moins fortes, de la rejeter. » Autant de ressorts qu'il va falloir traiter si on veut mobiliser la société tout entière – ou presque – en faveur du climat.

La politique n'est pas qu'affaire de sujets, de thématiques, comme on rédige un programme électoral. Elle est aussi, et d'abord, affaire d'Histoire et de mémoires, de vécus et d'expériences, de représentations qui structurent ou déstructurent la société, de perceptions des mouvements d'idées et d'opinions. En cela, la nature du débat politique et sa couverture médiatique peuvent déformer et même tordre la réalité. L'ignorer, c'est se condamner à l'impuissance et à l'échec.

Malgré nous et à cause du piètre bilan des gouvernants en la matière, l'écologie a été rangée par une partie de nos concitoyens du côté de l'establishment, de l'élite, qui veut imposer ses idées, son mode de vie, sa morale. Et comme la réalité climatique nous percute brutalement, le contre-discours est érigé en contre-révolution. Car l'extrême droite ne peut accepter une panique concurrente à la panique identitaire qu'elle entretient et qui attise, comme le chaos climatique, le risque d'effondrement de notre société. Le mensonge du grand remplacement déresponsabilise. Il prétend protéger nos modes de vie et la France éternelle par la purge de ses mauvais éléments, les étrangers. La bataille du grand réchauffement responsabilise et unit toutes et tous autour d'un dessein commun. C'est le grand défi de l'écologie, auquel les derniers chapitres de ce livre tenteront de répondre.

7

Démocratisons la démocratie !

> « Le courage, c'est de chercher la vérité et de la dire ; c'est de ne pas subir la loi du mensonge triomphant qui passe, et de ne pas faire écho, de notre âme, de notre bouche et de nos mains aux applaudissements imbéciles et aux huées fanatiques. »
>
> Jean JAURÈS, *Discours à la jeunesse*, Albi, 1903

Il faut des décennies pour construire une démocratie et un État de droit. Une journée, une nuit pour les détruire. Ils ne survivront pas au chaos. L'offensive de nos ennemis est massive. Un blitzkrieg. Notre contre-offensive doit faire flèche de tout bois. La guerre est totale. Elle sera longue. Participation citoyenne, liberté d'expression, égalité devant la loi, respect des droits fondamentaux… aucun terrain ne doit être abandonné à l'adversaire. L'affiliation démocratique de nos concitoyens, partout et dans le temps, est notre arme la plus efficace.

En 2017, l'Union européenne et l'OTAN créent un Centre d'excellence européen contre les menaces hybrides.

Aujourd'hui, 35 pays en sont membres. Ce n'est pas un hasard s'il est installé à Helsinki. Confrontée régulièrement aux ingérences russes, la Finlande a fait du renforcement de sa démocratie une priorité politique absolue.

L'objectif du centre est de fournir analyses, outils et conseils à ses pays membres sur les menaces informationnelles, les cyberattaques sur les infrastructures critiques (sécurité nationale, hôpitaux...), le cyber-rançonnement, les ingérences électorales... Cette « autre » guerre dont la Russie, la Chine et certains groupes privés se sont faits les spécialistes. Leur objectif est clair : discréditer nos démocraties libérales, en leur sein et dans le reste du monde, nous isoler, nous déstabiliser, promouvoir leurs alliés à la tête de nos pays. Les dernières élections en Roumanie ont démontré la force de frappe numérique de Poutine. La propagande russe en Afrique a accéléré le départ de la France, opportunément remplacée par les mercenaires de Wagner, devenu l'« Africa Corps » après la mort d'Evgueni Prigojine et sa reprise en main directe par l'État russe.

Cette guerre exploite nos propres failles, nos incohérences. On pense aux débats rancis sur l'immigration où une partie de la classe politique patauge dans le marigot de la désinformation et des post-vérités. On pense à Gaza où l'inaction criminelle de l'Union européenne nous rend complices d'un génocide.

C'est en grande partie sur ce terrain que se joue désormais la guerre existentielle entre autocraties et démocraties. Une guerre où les extrêmes droites dans nos sociétés s'allient à nos ennemis. Une guerre qui vise avant tout l'édifice juridique si difficilement construit après la Seconde Guerre mondiale de l'État de droit et du multilatéralisme, de la Déclaration universelle des droits de l'homme à l'Accord de Paris sur le climat, en passant par l'intangibilité des frontières, en Ukraine ou à Taïwan.

Mettons fin à l'impunité des réseaux

Canal majeur d'information, les réseaux sociaux constituent le nouveau champ de bataille informationnel et doivent être encadrés comme tels. Les mensonges et parfois les horreurs y prospèrent, amplifiés par les algorithmes, à l'abri de lois encore trop embryonnaires. Pour notre sécurité numérique, comme pour notre sécurité physique et militaire, c'est à l'État, au niveau national et européen, de réguler. Lui seul peut être décisif par ses moyens et légitime par sa capacité de contrôle, d'intervention et de sanction.

Tant que les plateformes ne seront pas pleinement responsables des contenus qu'elles diffusent, nous subirons les vagues complotistes et les manipulations. Leur statut doit changer radicalement : elles sont des éditeurs, et pas seulement des diffuseurs. C'est en agissant ainsi que nous pourrons les sanctionner à chaque fois qu'un propos délictuel, raciste, antisémite, homophobe, de menace à l'intégrité d'une personne, de propagande terroriste islamiste ou d'extrême droite, d'appel au meurtre ou au lynchage, est posté. Et je considère pour ma part que le climatoscepticisme doit devenir lui aussi un délit et intégrer cette liste. Dans ce combat, les nationaux populistes brandissent le drapeau de

« leur » liberté d'expression. Refusons cette vision dépravée de nos libertés fondamentales.

Les réseaux sociaux sont gratuits parce que nous en sommes la marchandise. Nous leur fournissons un nombre incalculable de données personnelles qui alimentent le vrai business model de leurs propriétaires. Ce sont ces données qui leur permettent de nous cibler individuellement, jouant de nos émotions et de nos ressorts psychologiques pour nous faire ressentir, agir, consommer, voter. C'est une atteinte à la vie privée. Et la fin de l'espace privé, c'est aussi la fin de la liberté de penser. La régulation des données privées des utilisateurs des réseaux sociaux n'est plus adaptée.

La massification de la collecte des données et de leur traitement rendue possible par l'intelligence artificielle, en plus d'être une catastrophe environnementale, offre aux acteurs privés, comme Elon Musk, et aux acteurs étatiques, comme la Chine, un potentiel infini de manipulations et de contrôle de la population qui servent des projets politiques dictatoriaux et la déstabilisation de nos démocraties.

Aux États-Unis, il y a aujourd'hui plus de faux sites d'information locale que de sites authentiques. Et l'IA générative, par sa facilité d'accès et le volume de data traité, va progressivement fournir la quasi-exclusivité de leur contenu. Un outil magique pour les conspirationnistes et ceux qui les instrumentalisent. Avec le *prompt*, qui permet de nous adresser à la machine dans un langage naturel, sans aucune connaissance scientifique ou technique, ChatGPT et autres créeront à la demande de fausses informations maquillées, des *deepfakes*, des faits divers monstrueux créés de toutes pièces, associant souvent des migrants aux pires crimes, des campagnes de harcèlement, dès l'école, des complots… avec des effets de masse quasiment impossibles à corriger une fois leur diffusion enclenchée.

La présence à l'intronisation de Donald Trump des principaux patrons de la Silicon Valley, libertaires devenus libertariens fascisants, passés de la contre-culture à la *cancel culture*, adeptes du transhumanisme, doit provoquer un sursaut et nous amener à agir vite et fort, au niveau européen qui est assurément l'échelle politique pertinente. Les règlements européens récents sur les marchés numériques (DMA), les services numériques (DSA) et l'intelligence artificielle (AI Act) ouvrent la voie. Mais la puissance des firmes numériques américaines et la rupture de Trump avec le droit international nous imposent de booster notre réglementation sur les réseaux sociaux et l'intelligence artificielle si nous voulons protéger nos propres acteurs du secteur et, plus largement, notre modèle de société.

Il nous faut certes interdire les usages les plus nocifs de ces outils, mais aussi faire vivre les plus utiles. La mise en réseau, de manière horizontale, de personnes diverses, et parfois géographiquement éloignées, peut aussi être une formidable richesse. Pensons aux témoignages des femmes iraniennes persécutées et l'extraordinaire mouvement « Femme, Vie, Liberté », pensons à la pétition signée par plus de deux millions de citoyennes et citoyens contre la loi Duplomb, à ces échanges pour traiter une maladie ou faire pousser des plantes sans pesticides, aux partages simples de nouvelles dans les familles ou entre amis, aux images qui, à distance, nous montrent toute la beauté du monde !

Il n'y a pas de démocratie possible dans le chaos. Et pas de sortie du chaos sans démocratie, sans la vérité comme socle commun, comme fondement d'un avis et d'un débat public éclairé[55]. Tout est lié.

Régulons l'information

Au-delà des réseaux sociaux, c'est l'ensemble des médias qui doit être mieux régulé. Je l'ai dit, je suis favorable à la pénalisation de la désinformation environnementale et sanitaire, ainsi que du *greenwashing*. Nos vies et notre survie dépendent d'une information sérieuse, de débats éclairés, de politiques publiques ambitieuses. Comment accepter que des « pseudoscientifiques » et des élus plastronnent sur des plateaux télé et à la radio, dans les journaux, pour y contester la réalité du réchauffement climatique, défendre l'innocuité des pesticides sur la santé, nier les dangers du « trop gras, trop sucré, trop salé » sur le diabète ou le surpoids ? L'Arcom, le gendarme des médias, doit se voir confier par le législateur des devoirs et des pouvoirs beaucoup plus étendus en la matière. Mettons en place un quota climat et un quota santé, des spots courts à des heures de grande audience, pour informer les citoyens sur les défis auxquels nous sommes toutes et tous confrontés.

Nous avons, en France, une concentration trop forte des médias. Certaines grandes fortunes possèdent presse écrite, chaînes de télévision, radios, fournisseurs internet et plateformes en ligne. Vincent Bolloré est le plus dangereux. Mais il n'est pas le seul. Nos règles en matière de pluralisme et de centralisation des médias datent des années 1980. Elles sont obsolètes. Renforçons aussi le rôle des rédactions face aux actionnaires. Jouons des règles et des aides publiques pour garantir leur indépendance, renforcer leur pouvoir d'investigation, notamment vis-à-vis des groupes privés, et protéger leurs sources.

C'est aujourd'hui une évidence : les médias peuvent contribuer à déformer la perception de la réalité et à manipuler les opinions publiques. Pendant la campagne présidentielle de 2022, toutes les enquêtes et sondages plaçaient l'immigration comme la cinquième ou sixième préoccupation des Français, loin derrière la question du pouvoir d'achat et les questions de santé et d'environnement. Interrogés sur la crise que traverse actuellement la France qui leur semblait la plus cruciale pour l'avenir, les Français ont répondu la crise sociale à 46 %, la crise environnementale à 32 % et la crise identitaire à seulement 22 %[56]. Bref, il n'y a pas de désir d'apartheid dans notre pays.

C'est peu dire que les débats et le traitement médiatique de la campagne ont renversé les priorités. Par lecture erronée de l'opinion ? Les sondages disaient le contraire. Par ennui ? Par excitation perverse de briser des tabous, de jouer avec des idées sulfureuses, polarisantes, simplistes, de voir l'extrême droite flirter avec le pouvoir ? Une rupture éthique qui contribue à rendre dicible ce qui était jusqu'ici indicible, à rendre « banale » la xénophobie de Marine Le Pen. Pendant cette campagne, j'étais davantage interrogé sur la dernière ineptie raciste ou antisémite de Zemmour que sur le climat ou l'inflation. Les candidats ont ainsi consacré moins de 4 % de leur temps de parole à la santé et à l'environnement, le double à l'immigration[57]. D'autres enquêtes ont révélé que le climat n'a bénéficié que de 2 % du temps de parole médiatique consacré à la campagne.

Inspirons-nous du code de responsabilité démocratique mis en œuvre depuis plus de trente ans par les médias audiovisuels wallons. Prenant appui sur la loi contre le racisme et la xénophobie, le Pacte culturel belge et la Convention européenne des droits de l'homme, les télés et les radios publiques et privées francophones belges interdisent d'antenne toute formation politique qui défend des projets discriminatoires qui dérogent aux principes d'égalité entre les citoyens. Elles appliquent un principe simple : en démocratie, la liberté d'expression n'est pas l'obligation pour les médias de diffuser toutes les opinions. Ce cordon sanitaire vis-à-vis de l'extrême droite, véritable exception belge, contribue très largement à limiter son influence politique et la libération de la parole raciste.

Un État exemplaire

Renforcer la résilience de nos sociétés, c'est aussi former, dès l'école, des citoyennes et des citoyens éclairés, dont l'esprit critique est aiguisé, la capacité à vérifier une information entraînée. Par le décryptage et le recoupement de l'information, la lecture critique, l'étude du fonctionnement des algorithmes et des réseaux sociaux, l'apprentissage de la tolérance. C'était l'un des objectifs de la grande réforme de l'éducation nationale menée en Finlande. Classes plus petites, enseignants mieux rémunérés, apprentissages nombreux, écoles ouvertes sur la société et la nature, épanouissement de l'enfant privilégié... un succès reconnu internationalement. Un modèle qui devrait nous inspirer. Et insistons sur l'éducation et la sensibilisation à la nature et l'éveil à la beauté et à la culture !

À l'évidence, l'efficacité de la lutte contre la désinformation dépend de la crédibilité de ceux porteurs des faits et de la vérité. Nos gouvernants ont souvent failli à cet égard et la défiance s'est généralisée.

La loi peut aussi nous protéger. Une loi de séparation des lobbys et de l'État s'impose. Comme nous avons promulgué la loi de séparation entre les Églises et l'État. Rétablir l'intégrité et l'éthique de l'État passe par la construction d'une barrière étanche entre l'intérêt général et les intérêts privés. Malgré les alternances, nous avons vu combien les mêmes intérêts industriels ou agricoles interfèrent jusqu'à vider de leurs ambitions toute politique publique. C'est un poison mortel pour la démocratie.

Rétablir l'éthique dans la très haute fonction publique, c'est mettre fin aux règles qui autorisent le pantouflage et le rétropantouflage. Les secteurs économiques les plus puissants regorgent d'anciens fonctionnaires ou conseillers ministériels placés dans les directions stratégiques, le plus souvent la direction des affaires publiques, en charge du lobby auprès de l'État. Trop de responsables politiques et de conseillers, de directeurs d'administration viennent de ces mêmes entreprises privées. Tout départ d'un haut fonctionnaire vers le secteur privé devrait être définitif. La définition de la prise illégale d'intérêts devrait être réformée pour empêcher qu'anciens ministres, conseillers ministériels, parlementaires, hauts fonctionnaires mettent les informations sensibles dont ils ont eu connaissance dans l'exercice de leurs fonctions au service d'acteurs privés. Le mandat parlementaire devrait être incompatible avec toute autre activité rémunérée. La loi devrait imposer de rendre publique, en open data, la liste de l'ensemble des personnes et organisations consultées pour la rédaction d'un rapport parlementaire ou la préparation d'un texte de loi.

Ce sont des principes qu'il nous faut également porter au niveau européen, car, pour les avoir suivies, les procédures de décision y sont souvent opaques. Jamais la Commission européenne n'a autant œuvré pour exercer seule le pouvoir et imposer sa technocratie à la tête de l'Union.

La démocratie partout

Pour que nous ne devenions ni une ploutocratie, ni une démocratie d'opinion, ni une démocratie médiatique, il nous faut réintroduire de la démocratie partout où elle peut nous permettre de reprendre le contrôle de nos vies, de redevenir souverains.

La démocratie est prise de vitesse. Si nous pouvons ralentir les flux financiers qui circulent d'une entreprise ou d'un pays en quelques millisecondes, nous ne ralentirons pas les flux d'informations qui nous abreuvent, les flots d'images qui défilent comme on scrollerait le monde. Une frénésie qui laisse peu de place à l'empathie, une image en chassant immédiatement une autre. Un mur de désolation, de souffrance parfois, que nous ne pouvons plus absorber, qui provoque la résignation tant notre propre impuissance nous écrase.

La démocratie a besoin de temps. Du temps pour se faire un avis critique, pour qu'un débat public éclairé puisse s'organiser, que la délibération soit sereine et fondée sur les études d'impact, que des compromis se construisent, que des votes aient lieu, que le Conseil d'État et parfois le Conseil constitutionnel donnent leur validation, que la loi soit promulguée et finalement soit mise en œuvre. La démocratie ce n'est ni Uber, ni Amazon, ni Shein, ni X. Quelques clics ne suffisent pas. Les consommateurs ne peuvent pas remplacer les citoyens.

La démocratie ne peut pas se réduire à ses élus et aux échéances électorales. L'aspiration à une démocratie plus directe est forte et des référendums pourraient bien sûr être organisés. Toutefois le déficit démocratique et la défiance vis-à-vis des élus ne se résoudront pas à coups de populisme plébiscitaire. C'est la négation de la complexité et des compromis. Nous faisons des compromis avec notre conjointe ou conjoint, nos enfants, nos amis, nos collègues… Et, au niveau le plus complexe d'une société si fragilisée, tout deviendrait binaire ? Une idiotie. Contrôlons le travail des élus, sanctionnons-les si besoin, instaurons enfin le scrutin proportionnel pour les élections législatives, justement pour valoriser l'intelligence collective et la culture du compromis, désacralisons le vote dans l'isoloir pour faciliter le vote électronique à distance, ouvrons le chantier d'une VIe République, cassons la consanguinité des élites politiques, économiques et médiatiques. Et protégeons la démocratie représentative.

C'est le reste de la société qu'il faut inonder de démocratie. Démocratie locale, délibérative, sociale... tout est bon ! Si la défiance est forte vis-à-vis de la démocratie représentative, la démocratie participative est vivante. Elle se réinvente et innove en permanence. C'est un vecteur extrêmement puissant de participation citoyenne et, par ricochet, de revitalisation de la démocratique élective. Instaurons la codétermination dans les entreprises pour que les salariés participent activement au quotidien et à l'avenir de leur outil et de leur lieu de travail. Faisons confiance aux salariés. Combien de fois m'a-t-on dit : « On se sent légitimes à proposer, mais la direction ne nous écoute pas. » « On veut apporter notre énergie, mais ils n'en veulent pas. »

Une commission d'enquête sénatoriale a révélé en juin 2025 que les entreprises reçoivent autour de 211 milliards d'euros d'aides publiques par an[58]. Sans contrôle de l'État, sans mesure d'efficacité ! Conditionnons ces aides aux impératifs environnementaux, sanitaires, sociaux et d'ancrage territorial. Avec le contrôle des salariés. Favorisons l'adhésion aux syndicats. Ils sont un lieu puissant de revendication, de défense et de conquête de droits. Ils sont aussi un lieu de socialisation quand les tâches et les missions individualisent et que les méthodes de management isolent. On a pu constater combien la disparition des syndicats dans certaines régions aux États-Unis et en Grande-Bretagne a fragilisé les salariés et laissé le champ libre à l'extrême droite. Une démocratie sociale forte et vivante, notamment parce qu'elle permet aux classes populaires de participer aux choix collectifs, est un rempart à la ploutocratie.

Multiplions les consultations locales sur les sujets qui préoccupent les habitants : aménagements urbains, restauration collective, énergies renouvelables... À chaque fois que les citoyens s'emparent des décisions qui concernent les terroirs où ils vivent et qu'ils vont vivre, ils retrouvent une part d'autonomie, de pouvoir, de dignité, de confiance. L'autre n'est plus systématiquement un concurrent, une menace, il redevient une curiosité, un enrichissement, un partenaire. On sort du repli individualiste, on se donne une perspective collective, un sens commun.

Renforçons le tissu associatif, sacrifié depuis trop d'années, alors qu'il maintient un lien social puissant, qu'il remplace parfois des services publics disparus, fait vivre le sport, la culture, la protection de l'environnement, la solidarité locale et internationale, l'aide alimentaire... tout ce qui nous maintient ensemble. 12,5 millions de bénévoles associatifs en France. 1 Français sur 5 ! Un pilier de la République, le plus souvent sans statut, mettant parfois la main à la poche pour que des enfants aient un ballon pour jouer, puissent se rendre à un spectacle ou une exposition, ne comptant jamais ses heures pour faire face à l'explosion du recours à l'aide alimentaire en France. C'est grâce à la démocratie participative qu'ont émergé la révolution féministe et le mouvement écologiste. Chérissons-la !

Démocratie et climat ont partie liée. Les autocraties et l'industrie pétrolière ont passé un pacte faustien, les premières pour financer et maintenir leur accession au pouvoir, la seconde pour conserver sa suprématie énergétique. Le prix à payer ? L'effondrement démocratique et climatique.

Les transformations à engager pour sauver le climat et la démocratie, pour nous sauver nous-mêmes, sont tellement lourdes et urgentes qu'elles nécessitent la participation et la mobilisation de toutes et tous, et que le pouvoir politique soit issu du peuple et agisse pour le peuple. Pas d'avenir sans écologie, pas de démocratie sans avenir. Pas d'écologie sans démocratie. La boucle est bouclée.

8

Équité, efficacité, exemplarité : déployons le nouveau génie écologique

> « Ce qui caractérise notre époque, c'est la perfection des moyens et la confusion des fins. »
>
> Albert EINSTEIN

Le génie militaire désigne l'art de la construction des ouvrages militaires. Le nouveau génie écologique bâtit les politiques sur trois piliers : équité, efficacité, exemplarité.

ZFE, voiture, taxe carbone, ZAN… ce chapitre et les deux suivants décryptent pourquoi ces politiques publiques cruciales pour notre santé et le climat sont devenues des points de cristallisation du débat public sur l'écologie. Il n'existe pas de solutions simples à des problèmes complexes. Soyons donc précis.

Commençons par les ZFE.

Créées en 2019, les zones à faibles émissions deviennent obligatoires en 2021 pour les villes et agglomérations de plus de 150 000 habitants. Elles se traduisent par l'interdiction progressive de circulation des véhicules les plus polluants.

Le 17 juin 2025, à l'Assemblée, RN, LR et LFI votent la suppression des ZFE. Cet acronyme est devenu le symbole de notre incapacité collective à engager une politique indispensable de protection de la santé. Ce vote sacrifie les 48 000 morts prématurées causées par la pollution de l'air chaque année en France, soit 950 000 années de vie perdues par an, dont plus de la moitié surviennent dans des zones urbaines[59]. En un peu plus de trois ans, la mauvaise qualité de l'air cause autant de décès que le covid ! Le coût pour la collectivité est estimé à 16 milliards d'euros par an par Santé Publique France, et jusqu'à 100 milliards d'euros par an par une commission d'enquête du Sénat[60] qui, en plus de la prise en charge des pathologies, avait comptabilisé l'impact de l'absentéisme au travail avec près de 650 000 jours d'arrêt de travail pour cause de pollution.

Ce vote s'apparente à un massacre sur l'autel de la démagogie envers une partie des automobilistes et révèle l'inconséquence, sinon la lâcheté, de celles et ceux qui n'ont pas voulu y résister. Les ZFE sont l'illustration parfaite d'une écologie de la contrainte quand les gouvernements refusent de se donner les moyens de réussir. L'exemple parfait de l'instrumentalisation des classes populaires et moyennes contre l'écologie alors qu'elles en sont, au moins à moyen et long terme, les premières bénéficiaires. Il s'agit là d'une désastreuse exception française : des ZFE ont été mises en place dans nombre de grandes villes européennes, avec des bénéfices sanitaires significatifs.

Ces ZFE visent à atteindre les seuils européens en termes de qualité de l'air sur les particules fines, le dioxyde de soufre, le dioxyde d'azote et l'ozone. Des seuils très éloignés des recommandations de l'Organisation mondiale de la santé (OMS), pourtant fondées sur les meilleures études scientifiques. Pour les particules fines par exemple, le seuil européen de concentration à ne pas dépasser est de 40 $\mu g/m^3$, quand celui de l'OMS est de 10 $\mu g/m^3$. Quatre fois moins. Or chaque tranche de 10 $\mu g/m^3$ supplémentaire de particules fines augmente la mortalité globale de 15 % dans les villes de plus de 100 000 habitants[61]. AVC, crises cardiaques, maladies respiratoires en sont les principales conséquences. En 2023, seules Paris et Lyon dépassaient encore régulièrement les seuils européens, mais l'ensemble des grandes villes françaises reste au-dessus des recommandations de l'OMS.

Les particules fines ne sont pas seules en cause. À Paris, la concentration d'oxyde d'azote, NO_2, le principal polluant issu des moteurs thermiques – et en particulier diesel –, est deux fois plus élevée que le seuil préconisé par l'OMS. Cet excès entraîne le décès prématuré de 8 000 Parisiens par an. Un chiffre qui pourrait exploser dans les métropoles, puisque la suppression des ZFE remettrait en circulation 3 millions de véhicules parmi les plus anciens et les plus polluants.

Ces chiffres terribles de mortalité seraient bien pires si de nombreuses grandes villes n'avaient pas pris le sujet à bras le corps et commencé à obtenir des résultats. Ainsi, depuis 2018, la concentration de NO_2 a baissé jusqu'à 40 % dans certaines agglomérations.

Dès 2015, Paris a ouvert la voie avec une ZFE ciblant d'abord les poids lourds, puis étendue à l'ensemble des véhicules. Peu après, Grenoble, Strasbourg, Lyon et la

Métropole du Grand Paris ont adopté des mesures similaires entre 2017 et 2019. Et pour parachever le travail, la loi Climat et Résilience de juillet 2021 a rendu la mise en place de ZFE obligatoire dans toutes les agglomérations de plus de 150 000 habitants d'ici fin 2024. À Paris et à Lyon par exemple, les restrictions s'appliquent pour les voitures Crit'Air 3, 4 et 5, soit les modèles essence de plus de vingt ans et les modèles diesel de plus de quinze ans.

Là où sont réunies une impulsion politique forte, des aides ciblées et une cohérence territoriale, les ZFE montrent des résultats tangibles. Depuis 2015, Paris a mené une stratégie ambitieuse couvrant plusieurs axes : extension progressive de la ZFE (interdiction des Crit'Air 3 dès 2025), piétonnisation des berges de Seine, pack d'aides complet (bonus jusqu'à 6 000 euros, aides vélo, leasing social...), abaissement de la vitesse sur le périphérique à 50 km/h dès fin 2024, amplifiant les bénéfices en matière de bruit et de pollution. Résultat : en dix ans la pollution de l'air a baissé de 40 % à Paris. Mais le défi reste majeur. Si on prend en considération la Région Île-de-France, la pollution de l'air continue d'amputer de dix mois en moyenne l'espérance de vie, contribue à 10 à 20 % des maladies respiratoires chroniques (asthme, cancers), et à 5 à 10 % des maladies cardiovasculaires ou métaboliques (AVC, infarctus, diabète)[62].

La mise en place de la zone à faibles émissions-mobilité à Strasbourg constitue un autre cas d'école, démontrant qu'avec une approche bien pensée, il est possible de concilier écologie et équité. Déployée progressivement depuis le 1er janvier 2022, la ZFE de l'Eurométropole a interdit les véhicules Crit'Air 5 puis Crit'Air 4. Les contrôles sont restés pédagogiques, sans sanction immédiate. Une posture rassurante qui a favorisé l'adhésion. Selon les mesures d'ATMO Grand Est, une réduction de 35 % des concentrations de NO_2 a été enregistrée, plaçant la ville sous le seuil européen des 40 $\mu g/m^3$[63].

Strasbourg n'a pas uniquement misé sur l'interdiction et a déployé un système d'accompagnement large : jusqu'à 4 000 euros d'aides à l'achat d'un véhicule Crit'Air 1 ou 0, en fonction des trois tranches de revenus des foyers ; jusqu'à 1 400 euros d'aides pour les deux-roues électriques, 2 500 euros pour le rétrofit, le tout combinable avec les dispositifs étatiques. Entre 2021 et 2024, un budget de plus de 10,7 millions d'euros a ainsi été consacré par l'agglomération à l'aide au remplacement de 3 741 véhicules.

Autre exemple, dans la métropole de Lyon, on estime que la pollution de l'air a causé, entre 2015 et 2017, 531 décès prématurés, ainsi que 65 cancers du poumon. Au-delà des drames humains, l'impact économique est colossal, avec un coût estimé à 1,8 milliard d'euros par an[64].

La Métropole a instauré des dispositifs d'accompagnement sociaux et financiers massifs à la mise en place de la ZFE. Près de 80 % des foyers sont éligibles à des aides pour le changement de véhicule, mais aussi pour passer à des modes de transport alternatifs comme le vélo, les transports en commun ou le covoiturage. Une approche globale avec l'amélioration de la capacité du métro de 65 %, la gratuité des transports pour les plus précaires et les jeunes, l'augmentation de 30 % de l'offre de bus en zones rurales et périurbaines, la création de lignes de tramways, le plan vélo.

La cohérence et la légitimité de la politique lyonnaise tiennent aussi à ce qu'elle s'attaque à toutes les sources de pollution de l'air : 200 000 logements ont été raccordés aux réseaux de chauffage urbain, 180 000 arbres ont été plantés depuis 2020.

En quatre ans, la Métropole a ainsi réussi à réduire de 22 % les concentrations de dioxyde d'azote et de 11 % les particules fines.

À Paris comme à Strasbourg ou à Lyon, les chiffres sont précis parce que la gestion locale est rigoureuse. Et que l'engagement des élus écologistes y est déterminant. C'est peu dire que les maires de ces villes se sont battus contre vents et marées pour mettre en œuvre efficacement une politique sans ambition ni soutien structurel de la part de l'État.

Les derniers gouvernements, ceux de Gabriel Attal, de Michel Barnier ou encore de François Bayrou, ont littéralement saboté cette politique de transition dans les mobilités, en supprimant tout ou partie des soutiens à l'achat de véhicules moins polluants et au déploiement des transports en commun. Ils ont supprimé la prime à la conversion, réduit le bonus écologique, arrêté le leasing auto destiné aux plus modestes…

On comprend mieux l'embarras des ministres à combattre les mensonges proférés à longueur d'interviews par les populistes dénonçant une loi antipauvres, antibanlieusards, qui pourrait détruire un demi-million d'emplois et interdire l'accès aux grandes villes à 20 millions de Français. Rien que ça ! Des mensonges peu ou pas contredits.

Les représentants des maires ruraux les ont renvoyés à leur médiocrité dans une tribune intitulée « Non à l'imposture poujadiste[65] » : « Du Gers à l'Isère, des Vosges au Finistère, forts de nos sensibilités, nous pouvons en témoigner : la France n'est ni réactionnaire ni résignée. Elle est debout. » Et de dénoncer l'instrumentalisation démagogique, ici des ruraux, là des classes populaires. « Nous refusons que notre attachement à la terre, au vivant, à la proximité soit instrumentalisé pour opposer la ruralité à l'écologie. »

La « spirale du silence » joue ici à plein. Il est faux de dire que les Français rejettent massivement les ZFE. Ils sont partagés, souhaitent surtout être accompagnés. Mais la propagande démagogique résonne si fort que les défenseurs des ZFE sont peu audibles et ce, disons-le, y compris parmi les écologistes, peu loquaces.

En résumé, la protection de la santé, priorité absolue des Français, est parfaitement possible. Les sources de pollution comme les impacts sanitaires sont connus. Les solutions existent : réduire les pollutions à la source par les normes d'émissions des véhicules, des usines, de l'agriculture, des cheminées ; organiser la disponibilité et l'accessibilité aux solutions moins polluantes – transports en commun, voiture électrique.

Dans le cas de la pollution de l'air comme dans la plupart des risques écologiques, les populations les plus fragiles socialement sont aussi les plus impactées, et par la pollution et par les transitions à mener : changement de véhicule et accès à des transports en commun. La méthode est tout aussi importante : expliquer, dialoguer, adapter les politiques et leur chronologie avec les premiers concernés : les habitants. Les villes de Lyon ou de Strasbourg, entre autres, ont développé un véritable pacte écologique et social de transition. Avec ambition, détermination, concertation, prévisibilité et stabilité.

C'est ici l'État qui faillit et dysfonctionne profondément : légiférant de manière centralisée et n'anticipant aucun des accompagnements indispensables. Un rapport de la Commission européenne, publié en juillet 2025, sur les engagements des États membres en matière de politiques environnementales[66] est d'ailleurs accablant pour la France. Notre pays accuse en proportion le plus gros déficit d'investissements en la matière au sein de l'Union. Pour atteindre nos objectifs légaux de protection de l'eau, de l'air, de la biodiversité ou de gestion des déchets, la Commission évalue le besoin d'investissement public à 63,8 milliards d'euros par an. Il en manque aujourd'hui le tiers, 21 milliards. Et c'est sur la lutte contre la pollution de l'air que ce déficit d'investissement est le plus grave : 8 milliards d'euros.

Conséquence directe des renoncements écologiques d'Emmanuel Macron et de ses alliés, les investissements liés au climat, publics et privés, ont même baissé en 2024 pour la première fois depuis 2020, selon l'Institut de l'économie pour le climat (I4CE)[67], avec un recul de 5 % par rapport à 2023. Rénovation thermique, électromobilité, énergies renouvelables sont les plus impactées. Une dérive qui devrait se poursuivre en 2025. Toujours selon I4CE, pour tenir nos engagements climatiques, les investissements devraient augmenter de 87 milliards d'euros par an d'ici 2030.

C'est dans cette énorme faille politique que s'engouffrent les populistes, les climatosceptiques et les lobbys.

9

Taxe carbone, voiture, ZAN… Des sujets politiquement inflammables

« Le territoire n'est pas ce que vous occupez, mais ce qui vous définit. »

Bruno LATOUR, *Où suis-je ?*, 2021[68]

15 septembre 2009. Devant un parterre d'élus de l'UMP, Nicolas Sarkozy déclare : « Cette taxe [carbone] provoque des débats et c'est normal. C'est une grande réforme, comme la décolonisation, l'élection du président de la République au suffrage universel, l'abolition de la peine de mort et la légalisation de l'avortement. » On n'en demandait pas tant !

Depuis 2007 et le Grenelle de l'environnement, on sait qu'une taxe carbone juste et acceptable ne peut être que redistributive : un euro collecté doit être un euro réinvesti au service des personnes dont les déplacements et les moyens financiers sont contraints. Ce fut aussi la conclusion à l'époque de la commission Rocard installée par le président Nicolas Sarkozy, ou plus tard de la commission sur la fiscalité écologique créée par François Hollande. Le partage juste des efforts entre tous est le premier critère d'acceptabilité d'une mesure qui touche aux modes de vie. Mais la recette fiscale est trop belle. Aucun des gouvernements ne l'appliquera. On connaît le résultat : en 2018, une nouvelle augmentation de la taxe carbone déclenchera le mouvement des gilets jaunes.

Contrairement à ce qui a souvent été dit, ce mouvement n'était pas antiécolo. L'analyse des contributions en ligne du Grand Débat réalisée par l'Ademe et le Credoc[69] montre que les gilets jaunes soutiennent l'action en faveur du climat, mais que cela doit passer par « un État qui régule, protège, redistribue, et demande un effort fiscal plus important aux catégories plus aisées de la population ».

Ajoutons au sentiment d'injustice l'absence de fiscalité équivalente sur le transport aérien, pourtant beaucoup plus polluant. Et puisque les solutions de remplacement de la voiture sont insuffisamment développées et soutenues, donc accessibles, la taxe carbone n'est plus seulement injuste, elle devient inefficace. Ça fait beaucoup !

Taxe carbone et ZFE sont devenues d'énormes points de cristallisation des tensions dans la société. Ce n'est pas un hasard, puisque ces réformes touchent d'abord à l'automobile. La voiture, nous le savons, est plus qu'un moyen de déplacement. Elle est un marqueur d'autonomie, d'autant plus puissant quand tout le reste se précarise. De statut social aussi, abondamment entretenu par l'omniprésence de la publicité automobile. Se déplacer est une nécessité impérative. Choisir quand nous déplacer flatte notre désir de liberté, même quand les déplacements sont contraints.

C'est en voiture que se font 80 % des déplacements. Une fracture s'est installée : dans les grandes villes, nombre de ménages renoncent à la voiture parce que d'autres options sont disponibles, quand, dans trop de nos territoires, la voiture reste l'unique moyen de se déplacer.

Le sujet de la voiture est donc sensible et inflammable, polarisé socialement et géographiquement. Les politiques de mobilité doivent être d'autant plus et mieux expliquées, planifiées, prévisibles, efficaces et justes. À défaut, les populistes coalisent les résistances et les angoisses et, c'est avéré, la voiture électrique devient le premier sujet de *fake news* dans les médias.

L'Europe a dix ans de retard sur la Chine sur le développement des voitures électriques. Ce marché est en pleine expansion : il a passé la barre des 20 millions de ventes en 2025, soit le quart des voitures vendues dans le monde. L'Agence internationale de l'énergie prévoit que les véhicules électriques représenteront la moitié des ventes d'ici cinq ans. La Chine a déjà atteint ce seuil, alors qu'elle absorbe les deux tiers de ce marché. Le Vietnam et la Thaïlande sont en train de rattraper l'Europe. L'Indonésie et le Brésil sont plus loin, mais tout aussi dynamiques.

Dans ces pays, les voitures électriques sont moins chères que leur équivalent thermique, malgré l'absence d'aide publique. Chez nous, les constructeurs ont fait le choix de véhicules électriques très puissants, très lourds et très chers. Un choix soutenu par la puissance publique. La voiture électrique n'est un luxe que parce que nos groupes automobiles ont choisi d'en faire un produit de luxe.

Sans d'ailleurs que l'État n'en garantisse efficacement les débouchés. Les flottes d'entreprises représentent la moitié des ventes des voitures neuves en France. Si les contraintes évoluent en faveur de l'électrique, les trois quarts des véhicules achetés restent des modèles thermiques. Pourtant, l'amortissement des flottes d'entreprise est déductible du revenu imposable des sociétés. Coût pour la collectivité : 2,5 milliards d'euros par an. Une dépense coûteuse et inefficace au regard de l'objectif d'électrifier le parc automobile. L'État devrait favoriser l'achat de véhicules électriques fabriqués en France, sinon en Europe. Bon pour le climat et la santé, bon pour l'industrie et l'emploi, pour nos territoires et nos finances publiques.

En 2024, dans le cadre de la commission d'enquête sénatoriale sur TotalEnergies, j'ai interrogé Carlos Tavares, alors patron de Stellantis, sur le brusque revirement de son groupe quant à l'interdiction de ventes des voitures thermiques en Europe à l'horizon 2035. Pendant des décennies en effet, Peugeot ne voyait d'avenir que dans le diesel. Il me répond sans détour : « Un, nous prenons acte du signal politique et nous appliquons la loi ; deux, une fois le nouveau cadre établi, nous voulons être les meilleurs ! C'est pourquoi nous serons prêts à ne vendre que des voitures électriques en Europe dès 2030, cinq ans avant l'échéance. » Et d'alerter : « Surtout, surtout, ne changez plus rien, ne revenez pas sur les objectifs ! » Là encore, les démago-populistes sont mobilisés pour faire tomber l'échéance européenne de 2035. Qui peut imaginer qu'en repoussant nos objectifs, en sortant de la course, nous rattrapions les Chinois ? Renoncer au progrès, sortir du monde… un projet mortel pour notre industrie.

Ni juste ni efficace, l'État n'est pas non plus exemplaire. Revenons un instant sur une affaire qui a fait grand bruit il y a quelques années, le « dieselgate », cette fraude en bande organisée des constructeurs automobiles pour dépasser les seuils autorisés de pollution.

En 2015, sous pression américaine, Volkswagen reconnaît avoir dépassé jusqu'à 40 fois les limites autorisées en matière de pollution au dioxyde d'azote (NOx), grâce à des logiciels frauduleux intégrés aux voitures. Cela concerne 11 millions de véhicules à travers le monde.

Le scandale s'étend. Les révélations de fraudes et de tromperies se succèdent. En Europe, seule 1 voiture diesel sur 10 respecterait les limites de la réglementation européenne. La collusion entre les constructeurs automobiles et les autorités publiques nationales et européennes chargées d'établir les normes et de les contrôler est prouvée.

On se dit alors que les États, pris la main dans le sac, vont corriger le tir et faire enfin appliquer les normes adoptées huit ans auparavant. C'est tout le contraire. À la surprise générale, les gouvernements français, allemand et britannique donnent alors la permission aux groupes automobiles de dépasser jusqu'à deux fois les normes antipollution. Plus qu'une fraude tolérée, un permis de tuer.

L'enquête démontre que les gouvernements avaient connaissance de l'ampleur de la fraude depuis dix ans. Aux États-Unis, VW signe un chèque de 27 milliards d'euros ! Et en France ? Rien. Zéro. Alors que plus du tiers des diesels testés dépassent les normes. J'avais dénoncé en 2017 dans *Le Parisien* la fraude massive sur les modèles Renault Captur et Citröen Cactus. Mais peu de médias ont osé relayer le scandale. Ils survivent grâce à la pub automobile.

En mai 2025, dix ans après le « dieselgate », le Centre finlandais de recherche sur l'énergie et l'air pur (CREA) a révélé que la fraude des constructeurs automobiles a provoqué entre 2009 et 2024 le décès prématuré de 124 000 personnes dans l'Union européenne et au Royaume-Uni. En France, 16 000 personnes sont décédées prématurément à cause de cette fraude. Faute d'action forte pour stopper le massacre, ce sont respectivement 81 000 et 8 000 personnes supplémentaires qui verront leur vie écourtée d'ici 2040. Et on ne parle ici que de la fraude. L'ensemble des pollutions émises par le diesel entre 2009 et 2040 provoquera 300 000 décès prématurés et près de 2 000 milliards d'euros de surcoûts en Europe.

Concluons. La voiture est un enjeu essentiel de mobilité, d'autonomie, de liberté et de reconnaissance sociale. Un enjeu social, tant les dépenses contraintes liées aux déplacements pèsent sur le revenu de certains ménages. Un enjeu majeur pour l'industrie, l'emploi et l'aménagement du territoire. C'est aussi un défi sanitaire et climatique qui nous impose de sortir du statu quo.

Le panorama qui précède décrit le potentiel de réussite, comme trop souvent l'échec, de l'État à servir l'intérêt général et inscrire son action dans la durée. Mais la bonne nouvelle, c'est que des solutions existent. Des élus, particulièrement à l'échelle locale, s'en sont emparés avec courage et ont adapté un cadre trop souvent centralisé aux réalités du terrain. Je constate régulièrement combien ces élus locaux, plus ancrés dans la réalité et « à portée d'engueulades », connaissent mieux et sont plus engagés sur les enjeux de transition que bien des parlementaires, des ministres et des présidents.

Des industriels aussi, longtemps réticents, développent enfin des véhicules électriques d'entrée de gamme à des prix abordables. Tous démontrent que les transitions indispensables sont acceptables si elles sont justes socialement et efficaces pour atteindre l'objectif visé. Identifier systématiquement les gagnants et les perdants pour structurer dans la durée l'accompagnement, et compenser les pertes pour les seconds, est la clé du succès. Travailler avec les personnes et les acteurs concernés et leur rendre tout autant compte, surtout quand les modes de vie, l'autonomie, l'intimité sont concernés. C'est parfois long, compliqué, inconfortable, mais ça marche.

ZAN : la protection des terres sacrifiées

ZFE, ZAN (zéro artificialisation nette) : deux acronymes, deux histoires similaires. Reconnaissons que le nom a légitimement de quoi faire peur : zéro artificialisation nette ! Comme si aucun projet d'aménagement sur des espaces naturels, agricoles et forestiers n'était plus possible du jour au lendemain, alors qu'on parle d'un objectif à 2050, et d'un équilibre entre des espaces nouvellement artificialisés et des espaces désartificialisés.

Pourquoi est-ce important ? Chaque année, près de 20 000 hectares d'espaces naturels disparaissent en France – soit l'équivalent de 5 terrains de football par heure. La consommation de ces espaces a augmenté de 72 % entre 1982 et 2018, presque quatre fois plus vite que la population, selon l'Ademe.

Deux tiers de ces terres sont destinés à la construction de logements, souvent éloignés des grandes villes, dans des zones à faible croissance démographique. Plus étonnant encore : le quart de cette artificialisation croissante touche des communes en déclin démographique.

Au total, en 2019, 6,4 % du territoire est artificialisé en France. C'est 15 % de plus qu'en Allemagne (à population équivalente) et 57 % de plus qu'au Royaume-Uni ou en Espagne. Malgré la prise de conscience de nombreux élus, la tendance reste mauvaise et l'artificialisation ne ralentit guère.

Ce phénomène est particulièrement préoccupant au regard des nombreux travaux scientifiques pointant l'artificialisation des sols comme l'un des moteurs des crises écologiques. Elle fragmente et fait disparaître les milieux naturels, ce qui contribue fortement à l'effondrement de la biodiversité. Elle réduit aussi la capacité des sols à stocker le carbone, ou pire, en fait des sources d'émissions lorsqu'ils sont dégradés. L'imperméabilisation des sols favorise enfin le ruissellement, ce qui intensifie la pollution des eaux et les risques d'inondation. En résumé, il y a urgence à organiser la sobriété foncière.

Les crues dans les Hauts-de-France durant l'hiver 2023-2024, ou encore celles d'octobre 2024 dans le centre et le sud de la France, illustrent clairement cette exigence.

Pour enrayer cette dégradation, la loi Climat et Résilience de 2021 a introduit un objectif ambitieux : parvenir au zéro artificialisation nette d'ici 2050. La trajectoire prévue se décline en deux temps : réduire de moitié la consommation d'espaces naturels, agricoles et forestiers entre 2021 et 2031 par rapport à la décennie précédente, puis atteindre l'équilibre d'un hectare désartificialisé pour chaque hectare artificialisé à l'horizon 2050.

Là encore, de nombreux élus ont pris le taureau par les cornes. Les Régions Bretagne, Bourgogne-Franche-Comté, Hauts-de-France, Normandie ou Nouvelle-Aquitaine ont établi des trajectoires de sobriété foncière, fin 2024. La démocratie locale fonctionne, en réunissant tous les élus et les acteurs de l'aménagement du territoire de manière transpartisane, dans des processus certes longs, complexes mais utiles, avec des résultats validés et acceptés.

Qu'en est-il des maires qui ont souvent été instrumentalisés par les parlementaires des droites contre le ZAN ? Selon une enquête de la fédération des Schémas de cohérence territoriale (Scot)[70], 9 sur 10 ont déjà modifié leurs documents d'urbanisme, sont en train de le faire ou envisagent de le faire.

Mais là encore l'État faillit, avec une approche trop verticale et technocratique. Plutôt que d'accepter de laisser du terrain, de faire confiance, d'accompagner, d'adapter la fiscalité – qui consomme le foncier imprudemment paie, qui préserve bénéficie –, il impose, pour finir par céder. Pour l'extrême droite, la droite, puis progressivement les macronistes, le ZAN devient le bouc émissaire de trente ans d'échecs de politique d'aménagement du territoire. Effondrement de la construction de logements sociaux et des parcours résidentiels ? Le ZAN. Désindustrialisation ? le ZAN. Désertification des centres-bourgs ou disparition des services publics ? Le ZAN. Facile, mais faux !

L'opération anti-ZAN est lancée, comme souvent depuis le Sénat, pour vider la loi de son ambition. Les irresponsables sont récompensés et les responsables sanctionnés, leur engagement méprisé. C'est la droite la plus réactionnaire et inconséquente qui gagne, celle de Laurent Wauquiez pour Auvergne-Rhône-Alpes, et de Christelle Morançais pour les Pays de la Loire. L'exemplarité à contresens. La fatigue, le ressentiment et la colère ne touchent pas que les citoyens. Les élus qui se battent pour que leurs territoires soient dynamiques et vivants en sortent essorés.

Heureusement, toutes les mesures de transition ne suscitent pas autant de tensions. Mais il n'y aura pas de transformation de nos modes de vie sans politiques publiques structurelles d'accompagnement social et industriel. Sans surprise, lorsque l'État se dérobe, le pacte environnemental atteint ses limites, tant en termes d'efficacité que d'acceptabilité. Nous y sommes. Surtout quand l'exemplarité des gouvernants vacille et que le sentiment d'injustice sociale déborde.

10

Exemplarité : l'éthique de la responsabilité

> « Tout le monde veut sauver la planète mais personne ne veut descendre la poubelle. »
>
> Jean YANNE

19 juin 2025. Le premier ministre François Bayrou fait un aller-retour en jet privé à Biarritz pour parler… énergies renouvelables. Deux heures de vol. Une heure trente sur place. Vingt-sept minutes de discours. Un jet privé émet 14 fois plus de CO_2 par passager qu'un avion de ligne classique et 50 fois plus qu'un voyage en train. Crédibilité écologique nulle. Déconnexion et défiance politique maximales.

Une proposition de régulation stricte des jets privés avait fait polémique. Du point de vue des émissions globales de CO_2, elle serait presque anecdotique. Mais elle est hautement symbolique. Les 20 personnes les plus riches au monde émettent jusqu'à 8 000 tonnes de CO_2 par an[71], soit 4 000 fois le seuil de 2 tonnes par habitant et par an qui permettrait d'atteindre la neutralité carbone en 2050.

Une responsabilité particulière qui dépasse les seuls ultra-riches. Selon l'Observatoire français des conjonctures économiques (OFCE), les 10 % les plus riches ont une empreinte carbone moyenne de 40 tonnes de CO_2 par an, contre 15 tonnes pour les 10 % les plus pauvres. Les logements sont plus grands, les trajets plus longs, les vacances plus lointaines et ensoleillées, les placements financiers plus polluants…

Le ressentiment face aux injustices sociales, l'ascenseur social en panne, le déclassement, la certitude que nos enfants vivront moins bien que nous sont autant de foyers légitimes d'angoisse et de colère qui rejaillissent sur les politiques écologiques. Et qui sont fondés sur autant de réalités concrètes.

Selon le dernier rapport de l'Insee publié en juillet 2025, près de 10 millions de Français vivent désormais sous le seuil de pauvreté. Près de 1 personne sur 6. Un record depuis 1996. En un an, 650 000 personnes ont basculé sous ce seuil. Une catastrophe sociale. Les chômeurs, les familles monoparentales, les travailleurs à temps partiel et les travailleurs indépendants forment les gros bataillons de la pauvreté. 1 enfant de moins de dix-huit ans sur 5 est concerné. Une bombe. Et ces chiffres n'intègrent ni les ultramarins, ni les personnes sans domicile fixe, ni les ménages d'étudiants, ni les personnes vivant en caravane ou dans les maisons de retraite, soit près de 2 millions de pauvres supplémentaires. 12 millions au total donc. Cela représente 1,2 million de pauvres en plus sous les deux mandats d'Emmanuel Macron.

À l'autre bout du spectre, les revenus continuent d'augmenter et les richesses de se concentrer, générant un niveau d'inégalités dans notre pays jamais atteint depuis un demi-siècle. Ainsi, les 20 % les plus pauvres perçoivent seulement 8,5 % des revenus, tandis que les 20 % les plus riches en captent 38,5 %, soit 4,5 fois plus. Le contrat social et le pacte républicain, qui sont au cœur de notre Histoire et de notre identité politique, se délitent.

Alors que l'Insee publiait ce rapport, le gouvernement et la droite refusaient d'adopter la « taxe Zucman », que les parlementaires écologistes ont proposé à l'Assemblée puis au Sénat en juin 2025.

Une idée qui part d'un diagnostic imparable. Dans notre pays, les 500 plus grosses fortunes ont progressé de 200 à 1 200 milliards d'euros entre 2010 et aujourd'hui. Un facteur 6 ! Leur patrimoine est ainsi passé de 10 à 40 % du PIB. Une concentration outrancière et indécente.

Les fortunes supérieures à 100 millions d'euros paient proportionnellement deux fois moins d'impôts que le reste des Français. Toutes fiscalités comprises, 27 % contre 50 % ! 1 800 foyers fiscaux qui structurent leur patrimoine pour échapper à l'impôt sur le revenu sont concernés. Dans les faits, ceux qui peuvent le plus paient le moins. C'est ce groupe que cible la taxe Zucman.

La taxe en question énonce un principe simple : l'égalité des citoyens devant l'impôt. Et l'équité fiscale ce n'est pas rien dans notre Histoire ! Elle a été consacrée par les articles 6 et 13 de la Déclaration des droits de l'homme et du citoyen de 1789 et par l'article 1er de notre Constitution de 1958.

L'économiste français Gabriel Zucman propose d'instaurer un taux d'imposition plancher de 2 % du patrimoine net, pas plus, mais pas moins que les 99,999 % de Français.

La taxe correspond donc à la différence entre les impôts payés et ce taux plancher de 2 %. Rendement fiscal estimé : 20 milliards d'euros. Autant que notre déficit en investissements écologiques. Une première étape qui ne clôt pas, loin s'en faut, le chantier de la justice fiscale dans notre pays.

Malgré une large mobilisation citoyenne, le soutien de centaines d'économistes, dont sept Prix Nobel – Esther Duflo, Joseph Stiglitz, Paul Krugman… –, malgré le déficit budgétaire, le gouvernement et la droite sénatoriale ont rejeté le projet. Aucun argument n'a été avancé, sinon celui de ne pas revenir sur les cadeaux fiscaux faits aux ultra-riches. Quel régime politique peut défendre avec autant de ferveur les 1 800 foyers les plus riches de notre pays contre tous les autres ?

Rien de nouveau malheureusement sous Emmanuel Macron. En 2018, il décide de supprimer l'Impôt sur la fortune (ISF), de le remplacer par l'Impôt sur la fortune immobilière (IFI) et d'instaurer une *flat tax* (prélèvement forfaitaire unique) sur les revenus du capital. Objectif annoncé : favoriser l'investissement et l'emploi. Le fameux ruissellement. En 2023, le très officiel Comité d'évaluation des réformes de la fiscalité du capital montre que ces réformes font perdre plus de 4 milliards d'euros de recettes fiscales à la collectivité chaque année. Sans générer d'investissements ou d'emplois supplémentaires. À l'inverse, la spéculation immobilière et les dividendes versés aux actionnaires ont explosé. La France est championne du monde dans cette catégorie. Et 1 % des foyers fiscaux concentrent 96 % des montants des dividendes déclarés. Injuste ET inefficace. Le libéralisme est bien un corporatisme de caste.

Relisons Tocqueville dans *L'Ancien Régime et la Révolution* : « De toutes les manières de distinguer les hommes et de marquer les classes, l'inégalité d'impôt est la plus pernicieuse et la plus propre à ajouter l'isolement à l'inégalité, et à rendre en quelque sorte l'un et l'autre incurables. »

Et d'ajouter : « Du moment où les deux classes ne sont pas également assujetties à l'impôt, elles n'ont presque plus de raisons pour délibérer jamais ensemble, plus de causes pour ressentir des besoins et des sentiments communs. [...] On leur a ôté en quelque sorte l'occasion et l'envie d'agir ensemble[72]. »

La soumission de l'intérêt général aux intérêts privés, la précarisation individuelle et collective, la perte de sens et de dessein collectif, l'affaissement du pacte républicain et la rupture du contrat social sont l'aboutissement funeste de près d'un demi-siècle de mondialisation libérale. Avec à la clef la montée semble-t-il inexorable du populisme et de l'autoritarisme.

11

La mondialisation libérale : une bombe à fragmentation

« Sur la balance de la mondialisation, une tête d'enfant du tiers-monde pèse moins lourd qu'un hamburger. »

Fatou DIOME,
Le Ventre de l'Atlantique, 2003[73]

Seattle, 2 décembre 1999. Nous sommes nombreux en cette fin de journée à partager avec José Bové le roquefort qu'il a apporté clandestinement de France. Quelques mois plus tôt, les États-Unis avaient interdit le fameux fromage – et d'autres produits européens – pour riposter contre l'interdiction du bœuf aux hormones décidée par l'Union européenne.

Qu'on aime ou non le fromage à pâte persillée, pas le choix, c'est le produit symbole du sommet qui réunit l'Organisation mondiale du commerce toute la semaine à Seattle. Et José Bové en est la superstar. Deux jours plus tôt, 40 000 personnes ont manifesté contre la marchandisation du monde, contre cette mondialisation libérale qui entend dicter sa loi, rien que sa loi, sur les peuples, les États et leurs institutions, sur la planète, sur les droits humains, sociaux et environnementaux. Sous la pression citoyenne, les États sont incapables de surmonter leurs désaccords. Le sommet tourne au fiasco.

L'ambiance est joyeuse. L'altermondialisme connaît ses plus belles heures. La bataille fait rage contre le néolibéralisme lancé avec férocité dès les années 1980 par Ronald Reagan et Margaret Thatcher. Mais il n'est pas encore triomphant. En tout cas on veut le croire. La décennie écoulée a pourtant été riche de bouleversements. En 1989, le mur de Berlin tombe sous les coups de pioche des peuples qui se libèrent du joug soviétique et des dictatures communistes. Le vent de la démocratie souffle jusqu'à La Baule où, quelques mois plus tard, dans un discours de rupture – parfaitement paternaliste –, François Mitterrand défend la démocratisation des régimes politiques en Afrique.

Le multilatéralisme connaît alors sa troisième révolution. La création de la Société des Nations en 1919 est une première tentative pour répondre au double défi posé par la « grande guerre », sa mondialisation – notamment à travers les colonies – et son coût humain effroyable et sans précédent, tant par le nombre de morts que la violence extrême des combats. La deuxième révolution se fait avec la création en 1945 de l'Organisation des Nations unies. L'ONU reprend les objectifs de paix de la SDN, mais se dote des institutions et d'un cadre de coopération qui lui ont dramatiquement manqué pour que plus jamais n'advienne l'abomination absolue de la Seconde Guerre mondiale. Des agences sont créées pour structurer le travail scientifique, la coopération et la compréhension mutuelle : pour l'agriculture et l'alimentation (FAO), la santé (OMS), le travail et les droits sociaux (OIT), le commerce et le développement (CNUCED), l'éducation, la science, la culture, le patrimoine, la communication et l'information (Unesco). La question de la démocratie et des libertés fondamentales est enfin posée, avec l'adoption de la Déclaration universelle des droits de l'homme en 1948.

La guerre froide terminée, les Nations unies relancent le projet initial de coopération pour élargir le socle des droits. C'est la troisième révolution : après les droits de l'homme, il est temps de doter l'humanité de droits environnementaux, sociaux et humains élargis, de promouvoir un agenda de développement et de lutte contre la pauvreté. Les conférences s'enchaînent.

1992 : Sommet « planète Terre » lors de la Conférence de Rio sur l'environnement et le développement ; publication de l'Agenda 21 pour la paix.

1993 : Création du Tribunal pénal international pour l'ex-Yougoslavie afin de juger les auteurs des atrocités commises pendant la guerre ; conférence mondiale sur les droits de l'homme pendant l'année internationale des populations autochtones.

1994 : Agenda pour le développement ; premières élections libres en Afrique du Sud qui signent la fin de l'apartheid ; Conférence internationale sur la population et le développement au Caire.

1995 : Sommet mondial pour le développement social ; quatrième Conférence mondiale sur les femmes.

1996 : Traité d'interdiction complète des essais nucléaires.

2000 : Sommet du millénaire contre la pauvreté et pour le développement.

Le mouvement altermondialiste, qui a déjà enregistré quelques victoires, est dopé par l'échec de l'OMC à Seattle. Internet permet une organisation en réseaux mondiaux. Toutes les sociétés civiles, du Nord et du Sud, convergent : organisations de défense des droits humains, des femmes, des peuples autochtones, associations de lutte contre la pauvreté, de solidarité internationale, de protection de l'environnement, syndicats de salariés et de paysans... Le programme est sérieux (taxe Tobin, souveraineté alimentaire, climat, égalité des droits, droits sociaux...). Grave aussi, avec le retour de la guerre sur le sol européen en ex-Yougoslavie et le siège interminable et sanglant de Sarajevo, ainsi que la « première » guerre du Golfe.

Pour contrer le Forum économique mondial de Davos, on crée le Forum social mondial de Porto Alegre en 2001 : les forces citoyennes contre les puissances de l'argent. Les coopérations se tissent, les campagnes internationales se concrétisent. « Un autre monde est possible ! » Des centaines de parlementaires y participent.

Notre message est clair : « Le monde n'est pas une marchandise », il est ouvert, la démocratie doit triompher, la communauté internationale doit faire prévaloir la culture, les droits humains, sociaux et environnementaux sur les intérêts du commerce, de la finance et des firmes multinationales. Nous défendons « la rencontre des sociétés » contre « le choc des civilisations », la fraternité contre les nationalismes, le droit contre la loi du plus fort, la solidarité et la coopération contre la compétition. Rêves ? Utopies ? C'est toujours ce même espoir qui m'anime.

D'autant qu'en 1999, la « gauche » dirige les grandes démocraties : Bill Clinton préside les États-Unis, Lionel Jospin gouverne, en cohabitation, la France avec la gauche plurielle, Tony Blair le Royaume-Uni, Gerhard Schröder l'Allemagne avec la coalition rouge-verte.

L'ambition de cette période multilatérale et internationaliste est immense : démontrer, après deux guerres mondiales et une guerre froide, que les nations ont plus en commun qu'en différences, qu'elles ont intérêt à coopérer plutôt qu'à s'affronter, et qu'un socle partagé de droits humains, sociaux et environnementaux est une garantie de paix, d'émancipation et de rapprochement des peuples. En attendant une quatrième révolution qui porterait sur les droits du vivant non humain. C'est cette ambition qui va peu à peu s'effriter pour s'effondrer totalement aujourd'hui sous les coups de boutoir de Poutine, Xi et Trump.

Le 11 septembre 2001, l'attentat terroriste du World Trade Center fait de nouveau basculer le monde et referme la parenthèse. Dix semaines plus tard, nous nous retrouvons à Doha avec José Bové (pour la Confédération paysanne), François Dufour (pour ATTAC) et beaucoup d'autres pour un nouveau sommet de l'OMC. J'y représente Solagral, un think tank militant. Nous assistons impuissants à la victoire du néolibéralisme dont une des forces les plus fatales est d'instrumentaliser chaque choc, chaque catastrophe, pour imposer son agenda contre les aspirations citoyennes. La pression est énorme. Au prétexte de faire bloc après les attentats du 11 septembre, les pays réticents, en particulier du Sud, cèdent. Et la Chine est admise à l'OMC, malgré la concurrence déloyale qu'elle développe partout.

On connaît la suite. Les droits humains, sociaux et environnementaux obtenus restent « mous », non contraignants, tandis que les règles commerciales s'imposent aux États. La gauche au pouvoir se laisse convaincre trop aisément par les prophéties libérales de « la mondialisation heureuse » d'Alain Minc et de « la fin de l'histoire » de Francis Fukuyama. Elle choisit Davos contre Porto Alegre. Plutôt que de bâtir une Europe forte capable d'intégrer plus aisément les pays de l'Est libérés, avec enfin un pilier social et une grande politique industrielle commune, les socialistes européens se perdent dans un combat minuscule : qui de Jospin, Blair ou Schröder, incarne le mieux le socialisme du tournant du millénaire ? Affligeant !

Un immense gâchis dont nous continuons de payer le prix. Des choix politiques qui ont conduit au chaos actuel.

12

Le renversement du monde

> « Nous étions trop occupés à analyser les images projetées sur le mur pour remarquer que le mur même avait été vendu. »
>
> Naomi Klein, *No logo*, 2000

7 décembre 1972. L'équipage d'Apollo 17 voyage vers la Lune. À 45 000 kilomètres de nous, il prend une photo qui devient immédiatement iconique : La bille bleue (*The Blue Marble*). Pour la première fois, on y voit notre petite planète, totalement éclairée, au milieu de l'univers. Elle résonne comme un appel à l'humilité et un rappel à notre destinée commune. La photo publiée par la NASA n'est pourtant pas la photo prise par les astronautes. Du fait de l'orientation de leur vaisseau, sur la photo originale le pôle Sud était en haut. Hérésie rapidement corrigée tant des siècles de représentation du monde ont placé l'Occident en haut et au centre du monde. En 1979, un cartographe australien, Stuart McArthur, lassé de voir son pays excentré et minoré sur les cartes, renoue avec la « carte inversée » et bouleverse notre vision hiérarchique du monde : le Sud est

en haut, l'Asie au centre. L'Europe devient un petit morceau de terre en bas à droite de la mappemonde. Prémonitoire ?

Un demi-siècle plus tard, l'Europe n'est plus au centre, sans être totalement à la périphérie. La mondialisation libérale n'a cessé de nous affaiblir pour renforcer le poids économique et politique des autocraties.

La promesse était belle. L'ancien conseiller de Reagan, Francis Fukuyama, annonçait en 1992 « l'universalisation de la démocratie libérale occidentale comme forme finale de tout gouvernement humain[74] ». Rien de moins. Libéralisme économique et libéralisme politique seraient les deux jambes qui nous conduiraient vers la paix et la prospérité. Le rêve enfin réalisé du marché : abolir la politique.

Un rêve telle une route, filant droit vers le progrès, nous extirpant de la vallée encaissée de la pauvreté et des pénuries, des vents mauvais du protectionnisme et du nationalisme. Une route pavée de bonnes intentions qui nous mènerait vers l'azur d'une prospérité enfin partagée, les libertés individuelles et collectives. Une autoroute même, du village reclus au village global. La mondialisation heureuse comme un Club Med !

Le rêve a tourné pour beaucoup au cauchemar. Faute d'accéder au grand progrès mondialisé, la plupart des « petits » travaillent sur les aires d'autoroute, assurent les services de restauration, l'entretien, la maintenance et l'approvisionnement en carburant des poids lourds et des SUV rutilants. Les plus chanceux, accrochés aux premiers de cordée, travaillent dans les villages d'altitude, le Club Med qu'il a fallu bunkeriser. D'autres tentent de retourner dans leurs villages, aujourd'hui abandonnés, pour retrouver un peu de leur vie d'avant. S'y retrouvent les exilés du monde et ceux de l'intérieur, s'épaulant ou s'affrontant face aux pénuries.

Et quand nous avons été percutés par l'épidémie de covid et la guerre en Ukraine, le commerce mondialisé, les chaînes de valeur explosées à l'infini ou concentrées dans les mains de quelques dictatures ont révélé notre extrême vulnérabilité sanitaire, alimentaire, énergétique et technologique.

Nos sociétés semblent frappées d'une forme d'amnésie face au traumatisme né de la pandémie de Covid-19, qui a bouleversé nos modes de vie pendant près de deux ans. Pourtant les années 2020 et 2021, pour la période la plus dure, c'était hier. Une amnésie collective coupable de masquer les souffrances individuelles, physiques et surtout psychologiques, notamment chez les jeunes, dont le nombre a explosé et qui perdurent. Une amnésie aussi vis-à-vis de la reconnaissance des travailleurs de première et deuxième ligne pendant des mois applaudis. Mais le covid, c'est aussi une blessure narcissique pour notre pays, luttant sur les tarmacs chinois pour arracher des cargaisons de masques, incapable de créer un vaccin au pays de Pasteur, découvrant l'état délabré de nos hôpitaux. La révélation d'un monde dont nous ne maîtrisons plus les chaînes d'approvisionnement, y compris pour nos besoins vitaux. La légitimation du sentiment de déclassement national.

Bien différente de la prophétie, la réalité est donc brutale. Le « doux commerce » s'est transformé en machine de guerre contre les travailleurs, contre l'environnement, contre la démocratie.

Montesquieu nous avait pourtant avertis : « Si l'esprit de commerce unit les nations, il n'unit pas de même les particuliers. Nous voyons que, dans les pays où l'on n'est affecté que de l'esprit de commerce, on trafique de toutes les actions humaines, et de toutes les vertus morales : les plus petites choses, celles que l'humanité demande, s'y font, ou s'y donnent pour de l'argent[75]. »

Selon l'institut V-Dem, qui produit l'une des expertises les plus larges et les plus complètes sur la démocratie dans le monde, celle-ci se réduit comme peau de chagrin. Nous ramenant quarante ans en arrière. Alors que la démocratie n'avait cessé de progresser dans le monde pendant la seconde moitié du siècle dernier, le renversement est brutal. Les autocraties dépassent désormais en nombre les démocraties (91 contre 88). En termes de population, les trois quarts des habitants de la planète vivent dans un régime autocratique. C'était la moitié il y a vingt ans.

Et la tendance est très inquiétante, y compris en Europe. La confiance dans la démocratie et ses institutions s'étiole. Les attaques se multiplient contre l'État de droit, l'indépendance du pouvoir judiciaire, la liberté de la presse, les droits des minorités, la liberté d'expression, les contre-pouvoirs et les corps intermédiaires… Elles touchent tout autant la culture et la science. On ne parle pas seulement ici du Mali, du Nicaragua, d'Israël ou des Philippines. Mais aussi de la Hongrie, la Pologne, la Slovaquie, la Serbie ou la Bosnie. Et on a toutes et tous en mémoire l'attaque fomentée par les trumpistes MAGA sur le Capitole après l'élection de Joe Biden et la tentative de coup d'État de Bolsonaro après l'élection de Lula. Bousculée à l'ouest par Trump, percutée à l'est par Poutine, malmenée au sud, l'Union européenne semble avoir choisi l'autodissolution de son Histoire et de ses valeurs.

Selon l'Institut international pour la démocratie et l'assistance électorale (IDEA), autre référence incontestée sur l'état de la démocratie dans le monde, la qualité même des processus électoraux s'est dégradée[76] pour 1 électeur sur 3 dans le monde sur les cinq dernières années. La désinformation a été attestée dans près de 80 % des pays.

La rupture démocratique est aussi géopolitique. C'est peu dire que les pays du Sud global se montrent réticents à soutenir l'Ukraine et à condamner son envahisseur russe. Ils reprochent bien sûr à l'Occident son « deux poids, deux mesures », et en particulier l'abandon des Palestiniens au génocide perpétré par le gouvernement d'extrême droite de Benyamin Netanyahou.

Mais nombre de ces anciens ou nouveaux régimes refusent l'idée même d'une communauté de destin planétaire. Ils brandissent l'étendard du souverainisme pour mieux asseoir leur nationalisme. Ils revendiquent le droit des peuples à disposer d'eux-mêmes pour mieux disposer à leur guise de leur peuple. Ils promeuvent des traditions et des identités particulières pour dénoncer les valeurs et les droits universels et surtout attaquer les libertés fondamentales.

En mars 2023, quelques jours après l'émission par la Cour pénale internationale d'un mandat d'arrêt contre le dirigeant russe, le président chinois en visite à Moscou avait donné le ton : « En ce moment, il se produit des changements comme nous n'en avons pas connu depuis cent ans. Et nous sommes ceux qui, ensemble, sont à l'origine de ces changements. »

Deux ans plus tard, le 9 mai 2025, à Moscou, pour le 80e anniversaire de la victoire contre l'Allemagne nazie, une trentaine de dirigeants de tous les continents (dont le président Lula) sont venus écouter la rhétorique guerrière de Poutine. Xi Jinping a même assuré que la Chine se tiendrait aux côtés de la Russie face au « harcèlement hégémonique ».

Ce renversement du monde n'est pas qu'un rattrapage historique « naturel », légitime après quatre siècles de mondialisation à notre profit quasi exclusif. Il se nourrit d'une mondialisation économique qui a profondément modifié les rapports de force. Les capitaux et nombre de firmes sont allés chercher en Chine et ailleurs une production low cost, acquise à coups de dumping social et environnemental, pour alimenter une consommation sur nos marchés. Productivisme et consumérisme n'ont désormais aucune frontière, aucune limite.

En trente ans, le poids économique des autocraties a explosé, passant du quart à près de la moitié du PIB mondial. Dans le même temps, celui des démocraties libérales a chuté de 56 % à 39 %[77]. En 2020, la part des membres des BRICS (Chine, Inde, Russie, Brésil, Afrique du Sud) dans le PIB mondial a atteint 36 % et dépasse désormais celle du G7.

Un double phénomène est à l'œuvre : nous sommes de plus en plus dépendants des autocraties et celles-ci deviennent de plus en plus interdépendantes. Si l'on ajoute le programme d'investissements chinois des routes de la soie et les milices russes, le poids des deux plus puissantes dictatures dans le monde se renforce lourdement dans la plupart des pays du Sud.

Selon l'historien spécialiste de la Chine François Godement : « L'Europe doit tirer les conséquences de la puissance de la Chine, non seulement sur le plan économique, mais aussi militaire, financier et en termes de coercition potentielle dans de nombreux pays et régions tiers. Xi Jinping utilisera les leviers de l'interdépendance économique et les mettra au service de la puissance nationale. La Chine tente délibérément d'intégrer des pays plus petits et plus faibles par le biais d'accords unilatéraux afin de les rendre politiquement dépendants et d'en faire des clients malléables. En un mot, la Chine utilise désormais la mondialisation contre l'Occident[78]. » Le renversement du monde est aussi un renversement de l'Histoire.

Ces dernières années ont démontré combien nos dépendances vis-à-vis de la Russie, de la Chine ou des pays du Golfe ont systématiquement dégénéré en complaisances. La CIA évoque un soutien financier d'au moins 300 millions de dollars de la Russie à des partis politiques et des candidats en Europe depuis 2014. Le soutien de Marine Le Pen à l'annexion de la Crimée par la Russie s'est vu récompensé par deux prêts russes la même année. Gerhard Schröder et François Fillon qui, chancelier et premier ministre, avaient toujours manifesté leur soutien au régime russe et leur amitié à Poutine, se sont vus propulsés dans les conseils d'administration des compagnies pétrogazières russes. Une corruption et une faillite morale.

À l'évidence, la vulnérabilité de nos économies aux autocraties sape mécaniquement notre capacité à défendre les droits humains et les libertés démocratiques. Pire, elle affaiblit considérablement le modèle social et le socle de valeurs sur lesquels se sont construites nos démocraties.

Les secteurs manufacturiers ont été les plus brutalement impactés par la mondialisation et les délocalisations. Les travailleurs peu qualifiés ont été les plus touchés et précarisés. En quarante ans, l'emploi manufacturier passe de 25 à 12 % en France, de 20 à 10 % aux États-Unis et de 35 à 20 % en Allemagne, avec une très forte accélération après l'entrée de la Chine à l'OMC en 2001. Des régions ont subi, impuissantes, la fermeture et la délocalisation de la plupart de leurs usines, cœurs de la vie économique, sociale et culturelle locale, l'explosion du chômage et de la précarité.

À la guerre commerciale fondée sur le coût du travail et parfois les normes environnementales, s'est ajoutée celle sur le coût du capital. Le dumping fiscal en plus du dumping social et environnemental : un cocktail hautement explosif pour l'édifice des droits et des règles qui régissent nos démocraties.

Davos a gagné au-delà de toutes ses attentes : en quarante ans, les États ont organisé un transfert majeur de leurs pouvoirs et de leurs richesses vers les acteurs privés et des régimes qui contestent aujourd'hui, non seulement notre puissance, mais, ce qui est bien plus grave, notre raison d'être. Ils ont soumis nos démocraties à la domination du marché. La mise en scène du pouvoir ne masque plus l'impuissance politique.

C'est la post-démocratie.

On avait pensé que l'épidémie de covid et la guerre en Ukraine, que le chaos climatique et la montée des populismes agiraient comme des électrochocs au niveau européen. Il n'en est rien : notre souveraineté industrielle, énergétique et alimentaire continue d'être sacrifiée sur l'autel d'un libre-échange devenu destructeur, économiquement, socialement, environnementalement et démocratiquement. Un libre-échange dont Trump vient de faire exploser les règles. Accros au pétrole et au gaz, nous changeons de dealer : Trump a remplacé Poutine et nous sommes condamnés, une fois encore, à nous soumettre, à faire une croix sur nos valeurs. En sortant des énergies fossiles, l'écologie au contraire veut casser le cycle besoin-dépendance-complaisance. Mais, attachée à son illusion de mondialisation heureuse comme le pendu à sa corde, l'Europe est figée.

13

Fast-fashion et accord commercial UE-Mercosur : le monde d'avant, en pire !

« On nous fait croire
Que le bonheur c'est d'avoir
De l'avoir plein nos armoires
Dérisions de nous dérisoires »

Alain SOUCHON,
« Foule sentimentale », 1993

« Les destructeurs des forêts sont les pires ennemis du bien commun. »

CICÉRON,
Deuxième Philippique, 44 avant J.-C.

La fast-fashion incarne le pire du consumérisme : des achats impulsifs, compulsifs, de vêtements très bon marché certes, mais de qualité très médiocre, jetables, fabriqués dans des conditions dramatiques ; une mode éphémère qui s'adresse particulièrement aux jeunes, en quête d'identité, en mal de sens, de moyens financiers, bombardés par la publicité et manipulés par des influenceurs et des influenceuses.

Le phénomène n'est pas nouveau, mais il a explosé ces dernières années grâce à la vente en ligne, pour atteindre un chiffre d'affaires de 175 milliards d'euros en 2024. Quelques clics sur un smartphone, quelques euros dépensés (20 en moyenne), et un petit carton fait des milliers de kilomètres pour se retrouver en quelques jours dans votre boîte aux lettres. Pour des vêtements portés en moyenne 4 fois. Le renouvellement des collections est permanent, afin de susciter un sentiment d'urgence et l'achat instantané. L'enseigne chinoise Shein est leader : plus de 7 200 nouveaux modèles de vêtements par jour. 800 millions de petits colis, d'une valeur inférieure à 150 euros, sont arrivés en France en 2024. 4,6 milliards en Europe, 3 fois plus qu'en 2022. 9 colis sur 10 provenaient de Chine, notamment via les plateformes Shein et Temu, qui affrètent l'équivalent de 90 avions-cargos par jour.

Chaque année, selon l'Ademe, plus de 100 milliards de vêtements sont vendus dans le monde[79]. 3,2 milliards en France, 48 par habitant, 1 milliard de plus en dix ans. Un Français achète donc 40 % de vêtements en plus qu'il y a quinze ans et les conserve 2 fois moins longtemps. Une surproduction qui génère des montagnes de déchets qu'on retrouve partout dans le monde. En Afrique surtout. Chaque semaine, plus de 15 millions de vêtements déposés dans les conteneurs à textile arrivent en Afrique de l'Ouest[80]. Pour le Ghana, c'est 160 tonnes chaque jour. La qualité est tellement médiocre que près de la moitié finit dans des décharges à ciel ouvert de la ville ou dans l'océan.

On le sait, produire des vêtements consomme énormément d'eau et d'énergie. Le secteur textile est déjà responsable de 10 % des émissions de gaz à effet de serre (plus que les transports aériens et maritimes). La fabrication d'un seul tee-shirt en coton nécessite 2 700 litres d'eau douce, soit ce qu'une personne boit en deux ans et demi[81]. Cette filière pollue aussi énormément, car plus des deux tiers des textiles sont issus de matières chimiques, qu'elles soient synthétiques (acrylique, élasthanne, Nylon, polyester... dont 70 % proviennent du pétrole) ou artificielles (fibres de bambou ou d'eucalyptus obtenues après des processus chimiques). Elle est responsable d'environ 20 % de la pollution mondiale d'eau potable, à cause des teintures et autres produits de finition. Une seule lessive de vêtements en polyester peut libérer 700 000 fibres microplastiques, qui peuvent ensuite se retrouver dans la chaîne alimentaire. Moins de la moitié des vêtements usagés est collectée pour être réutilisée ou recyclée, et seulement 1 % est recyclé en vêtements neufs.

Les conditions de travail de cette industrie sont elles aussi déplorables. Lorsque je travaillais au Bangladesh, j'ai pu constater combien la délocalisation de la production textile reposait sur l'exploitation d'une main-d'œuvre largement féminine, maltraitée et mal payée. L'effondrement du Rana Plaza en 2013, tuant plus de 1 100 personnes, avait révélé l'exploitation indigne qui enrichit les plus grandes marques. Encore aujourd'hui, les travailleurs bangladais sont payés 83 euros par mois, alors que le salaire minimum vital est estimé à 497 euros.

L'ultra-fast-fashion renoue avec le pire. Les couturières de Shein touchent 4 centimes par vêtement et travaillent jusqu'à dix-huit heures par jour. Ce n'est plus de l'exploitation, c'est de l'esclavage moderne. On estime qu'environ 25 millions de personnes dans le monde sont soumises au travail forcé. Près de la moitié d'entre elles se trouvent en

Asie. Fast-fashion ou pas, les produits fabriqués dans ces ateliers peuvent se retrouver sur le marché européen, rendant ses consommateurs involontairement complices de cette exploitation.

La Chine est coutumière du fait. Nous savons les atrocités du génocide en cours des Ouïghours. Détenus, persécutés, ils sont la force de travail derrière de nombreux produits que la Chine expédie dans le monde entier. Le marché européen étant le deuxième plus grand marché pour les exportations chinoises, nous avons les moyens d'agir pour stopper l'horreur.

L'un des derniers textes sur lequel j'ai travaillé au Parlement européen était justement le règlement interdisant l'entrée sur le marché européen de produits issus du travail forcé. Des insuffisances, des procédures compliquées et des délais trop longs n'ont pas empêché une réelle avancée. Rendez-vous en décembre 2027 pour sa pleine entrée en vigueur.

Conséquence directe de la fast-fashion et du dumping social et environnemental dans le secteur, nos dernières usines textiles ferment et de nombreuses enseignes sont en difficulté ou disparaissent, dévitalisant un peu plus nos cœurs de ville. Le secteur textile en France a perdu près de 300 000 emplois depuis 1990. Le secteur du luxe maintient ses positions et, bonne nouvelle, de nouveaux modes de consommation durable – et des entreprises françaises – progressent, valorisant la responsabilité environnementale et sociale et la seconde vie des vêtements.

L'Europe commence à réagir. La Commission européenne a présenté en 2022 une stratégie visant à rendre les textiles plus durables, réparables, réutilisables et recyclables, à lutter contre la mode éphémère, les déchets textiles, la destruction des vêtements invendus, et à garantir que la production respecte pleinement les droits sociaux. En juin 2025, le Sénat, dans le sillage de l'Assemblée nationale, a adopté une proposition de loi ciblant spécifiquement la fast-fashion. Objectifs : informer les consommateurs sur les conditions de production déplorables ; sanctionner ou interdire les produits les plus nocifs ; responsabiliser les producteurs sur la gestion des déchets ; interdire la publicité, y compris celle des influenceurs. Le chantier est ouvert.

Concluons avec Romain Gary[82] : « J'appelle "société de provocation" toute société d'abondance et en expansion économique qui se livre à l'exhibitionnisme constant de ses richesses et pousse à la consommation et à la possession par la publicité, les vitrines de luxe, les étalages alléchants, tout en laissant en marge une fraction importante de la population qu'elle provoque à l'assouvissement de ses besoins réels ou artificiellement créés, en même temps qu'elle lui refuse de satisfaire cet appétit. »

UE-Mercosur, un accord dinosaure

Le 16 mai 2023, Brasilia. Nous rencontrons la Confédération de l'agriculture et de l'élevage du Brésil (CNA), qui regroupe les plus gros agriculteurs du pays, une sorte de FNSEA brésilienne. Nous sommes une délégation de parlementaires européens venus discuter avec le gouvernement du président Lula, les acteurs privés, les syndicats et les organisations non gouvernementales de l'accord entre l'Union européenne et les pays du Mercosur (Brésil, Argentine, Uruguay et Paraguay).

Lula a été réélu quelques mois plus tôt face à Jair Bolsonaro. Mais le président réélu n'est pas celui de 2003 et du Parti des travailleurs triomphant. Les ministres et responsables brésiliens que nous rencontrons ont certes la ferme volonté de tourner la page du bolsonarisme, de rétablir la justice sociale et l'État de droit, de stopper la déforestation. Mais Lula doit désormais composer avec une coalition politique hétéroclite et fragile, un sénat et des États majoritairement à droite et une chambre des députés tenue par l'agrobusiness.

Le représentant de la CNA nous dresse un panorama enthousiaste des perspectives pour son secteur : « Le monde est organisé d'une telle manière que la plupart de ses habitants vivent dans des pays importateurs de nourriture. D'ici 2030, cela concernera 4 habitants sur 5 ! Certains y voient une fragilité. L'agrobusiness brésilien y voit une opportunité ! »

De fait, le Brésil est le premier pays agro-exportateur du monde, loin devant les États-Unis, 6 fois plus que la France. Avec des parts de marché mondial en croissance rapide : 42 % pour la viande de poulet, 26 % pour le bœuf, 27 % pour le maïs. Le soja occupe une place prédominante : la moitié des exportations mondiales, dont près de 60 % à destination de la Chine. La production de grains croît à un rythme effréné : 100 millions de tonnes en 2001, 300 millions en 2023. L'objectif pour 2035 : 600 millions de tonnes !

La négociation d'un accord UE-Mercosur a débuté il y a près d'un quart de siècle, en 1999, quand s'accélérait la mondialisation libérale. Un accord « dinosaure » donc. Depuis le début des négociations, c'est l'équivalent en surface de l'Espagne et du Portugal qui a été déforesté en Amazonie pour produire du soja et du bœuf. Un niveau de déforestation qui fait craindre aux scientifiques que le premier poumon terrestre de la planète – 20 % de notre oxygène – ne franchisse un point de bascule irréversible et catastrophique.

En réalité, cet accord, c'est la mondialisation du dérèglement climatique, de l'extinction des espèces, de la disparition des paysans ici et là-bas, de la malbouffe et de la souffrance animale. Ce n'est pas aux pays du Mercosur que nous nous opposons, mais bien à un modèle prédateur dont nous sommes toutes et tous victimes, partout dans le monde.

La signature de l'accord augmenterait de près de 50 % les importations européennes de bœuf en provenance du Mercosur, avec un quota de 99 000 tonnes. Un désastre économique pour nos éleveurs.

Sur le demi-millier de pesticides utilisés dans le Mercosur, près de 150 sont interdits en Europe. Bolsonaro, lorsqu'il était au pouvoir, avait autorisé des dizaines de pesticides pourtant dangereux. Comme quoi, l'extrême droite n'intoxique pas seulement les esprits et le corps social, elle contamine nos organismes et l'ensemble du vivant. Il en va de même des accélérateurs de croissance, antibiotiques et hormones, courants là-bas, interdits chez nous. Sans parler des terribles souffrances animales dans les fermes d'engraissage et les abattoirs géants, sans traçabilité, avec des ouvriers souvent réduits au travail forcé.

Les conséquences de l'accord seraient également dramatiques côté Mercosur. Il renforcerait un modèle de développement agro-exportateur complètement déséquilibré, au détriment de l'industrie, des services, des cultures vivrières et donc des classes populaires et moyennes. Ce n'est malheureusement pas nouveau : le cycle soja-viande ne fait que succéder à ceux du caoutchouc et du café. Un modèle profondément inégalitaire qui se traduit depuis des siècles par la concentration des terres et des richesses aux mains d'une oligarchie restreinte qui a voté Bolsonaro.

L'augmentation de la production de viande, de soja et de sucre (notamment transformé en éthanol) dans les pays du Mercosur entraînerait immanquablement la déforestation et la colonisation de nouvelles terres, synonyme de violations des droits humains, d'expulsion des petits agriculteurs et des populations locales et, régulièrement, d'assassinats de leaders autochtones et de défenseurs de l'environnement.

Pour toutes ses raisons, et bien d'autres, les écologistes s'opposent à cet accord. Je l'ai combattu au Parlement européen. Le combat continue depuis au Sénat, puisque la Commission européenne pousse de nouveau à sa signature. Une opposition qui s'est élargie pour devenir en France quasi unanime. Et qui devrait nous obliger à la cohérence si nous voulons convaincre : on ne peut pas combattre le modèle agricole latino-américain et supprimer les normes environnementales et sanitaires chez nous.

Un accord international devrait assujettir les règles et les flux commerciaux à la protection du climat et de la biodiversité, au respect de l'État de droit, des droits sociaux et humains internationalement reconnus. C'est ce que nous appelons le protectionnisme vert. Non pas un protectionnisme du « nous » contre « eux », mais un protectionnisme qui protège l'environnement, bien commun mondial, et les droits des travailleurs, partout.

Un autre monde est-il possible ?

Dans le contexte géopolitique créé par l'invasion russe de l'Ukraine, l'agressivité croissante des autocraties contre nos démocraties et les libertés fondamentales, ainsi que les ruptures d'alliances portées par Donald Trump, l'Union européenne doit évidemment s'attacher à resserrer ses liens avec les pays de ce qu'on désigne désormais comme le « Sud global », même si cette appellation recouvre des réalités très diverses, des intérêts souvent divergents. L'Amérique latine constitue une priorité évidente.

L'Europe entretient d'ailleurs de longue date avec elle des rapports économiques, politiques, culturels étroits et nettement moins conflictuels que ceux de l'Amérique latine avec les États-Unis. Nous ne pouvons nous satisfaire de la nouvelle donne brésilienne que m'a décrite un représentant de ce pays : « Nous faisons du business avec la Chine, mais nous voulons continuer à envoyer nos enfants faire leurs études en Europe. »

Croire qu'en signant l'accord UE-Mercosur, on se substituerait aux Chinois est naïf et faux. Nos importations agricoles s'ajouteront aux autres et ne feront qu'amplifier dramatiquement la prédation environnementale et sociale.

Soyons plutôt cohérents avec les objectifs que nous affichons et les promesses que nous faisons. Au moment où nous souhaitons devenir (enfin) moins dépendants de la Chine, nous pouvons développer avec l'Amérique du Sud des coopérations essentielles pour accélérer la décarbonation de nos économies et la réindustrialisation des deux côtés de l'Atlantique. Cela ne peut pas se faire en ânonnant le bréviaire néolibéral dépassé du XXe siècle.

Les Brésiliens ont par ailleurs un argument légitime : l'Amazonie et les autres biomes exceptionnels du pays relèvent de leur souveraineté. Ils l'affirment : « Pourquoi renoncer à l'expansion de notre modèle agricole alors que nous avons beaucoup moins détruit nos espaces naturels que vous les Européens et les Américains ? Pourquoi devrions-nous assumer seuls le coût de la non-exploitation d'une forêt, même si elle est un bien commun de l'humanité ? » L'hypocrisie des pays riches est à cet égard évidente.

Nous avons accumulé une énorme dette écologique à l'égard des pays du Sud, qui résulte à la fois de notre prédation massive – passée et présente – de leurs ressources naturelles, et du dérèglement climatique par lesquels les populations de ces mêmes pays sont les plus violemment impactées et dont ils sont pourtant les moins responsables. Ce sujet fait l'objet de débats passionnés et de négociations à l'échelle mondiale qui peinent dramatiquement à aboutir. Et d'expériences avortées.

En 2007 par exemple, le président équatorien lance un formidable défi à la communauté internationale depuis la tribune des Nations unies : en échange de la non-exploitation pétrolière de son sous-sol, qui résulterait en l'émission de 400 millions de tonnes de CO_2 dans l'atmosphère, l'Équateur propose que lui soit versée par les plus gros consommateurs de pétrole de la planète la moitié des recettes prévues, soit 3,6 milliards de dollars sur une douzaine d'années. Le parc Yasuni, où les forages pétroliers sont envisagés, est une réserve de biosphère unique, classée par l'Unesco. Les Nations unies se saisissent de l'initiative, la soutiennent et ouvrent un fonds spécial. 13 millions de dollars seront finalement récoltés et 116 millions seront promis. Fin de l'histoire. Le 15 août 2013, le président Correa annonce que le projet pétrolier se fera.

Le président Macron reprend l'idée lors d'un One Planet Summit organisé avec le président Bongo, à Libreville, en mars 2023. Même échec derrière les promesses et les grands discours. Surtout, pendant ce temps, la déforestation est massive dans le reste du bassin du Congo, au Cameroun et en République démocratique du Congo, où des millions de personnes sont mortes de la prédation des ressources minières et forestières. Et rien, ou si peu, n'est fait pour y mettre fin.

Et ce n'est pas le mécanisme de crédits carbone, instauré en 2005 par les Nations unies, qui va sauver la forêt, à moins d'être complètement réformé et rigoureusement contrôlé. Ce dispositif permet à des entreprises de compenser leurs émissions de gaz à effet de serre à travers des projets de déforestation évitée ou de reforestation. Sauf que ces projets alimentent régulièrement les enquêtes, voire les scandales. Selon une enquête publiée en janvier 2023 par le *Guardian* et *Die Zeit*[83], plus de 90 % de ces crédits certifiés par Verra, l'une des plus grosses sociétés de certification, « ne valent rien », et peuvent être considérés comme des « crédits fantômes », c'est-à-dire n'apportant aucune réduction de gaz à effet de serre.

Pire, l'aide publique au développement (APD), premier outil de solidarité Nord-Sud, est partout sacrifiée. Aux États-Unis, notamment, où le président Trump a démoli l'USAID, l'agence américaine de coopération, et supprimé 90 % des financements. Les Européens suivent la même pente : baisse de moitié de son budget au Royaume-Uni, de plus de 20 % en France, d'un tiers pour l'Union européenne.

Sur le terrain, dans les pays bénéficiaires concernés, c'est parfois la catastrophe. Des milliers de femmes sont déjà mortes faute de soins et de planning familial, des projets d'éducation, de formation, de santé, de développement agricole et alimentaire, d'accès à l'eau, de soutien à la culture, aux collectivités locales et aux organisations de la société civile sont stoppés ou amputés. Des populations et des régions entières sont abandonnées aux chocs climatiques. La revue scientifique *The Lancet* évalue à 14 millions de décès d'ici 2030 dans les pays les plus vulnérables le coût humain des coupes budgétaires américaines, si elles devaient perdurer[84].

Décidément, la France, comme d'autres, échoue à faire évoluer sa relation au Sud, et à l'Afrique en particulier. Ancienne puissance coloniale qui continue de nier la brutalité et les crimes contre l'humanité de son occupation, devenue puissance moyenne engluée dans une Françafrique paternaliste et prédatrice, la France est aujourd'hui en déroute sur tous les terrains, militaire, économique, social et culturel. Emmanuel Macron, dont on attendait qu'il renouvelle et qu'il assainisse enfin notre politique africaine, aura ici aussi failli. La baisse de l'APD, assortie des discours ouvertement racistes d'une partie de la classe politique et des politiques migratoires humiliantes, nous sort de l'Afrique. Comment s'étonner dès lors du ressentiment de la jeunesse africaine à notre égard ? Cette jeunesse si puissante, que nous devrions respecter et accompagner, nous préfère désormais d'autres pays, plus ouverts, comme le Canada ou, plus grave, la Chine et la Russie. Terrible bilan.

Lula et une partie de son gouvernement sont déterminés à mieux protéger l'Amazonie. Soutenons-les ! L'UE doit respecter ses engagements en matière de financement du climat et accroître substantiellement son aide en faveur des forêts du Mercosur. Le Brésil recevra la COP climat à Belem en novembre 2025. Faisons de cette COP un succès pour la protection mondiale des forêts et de l'élevage paysan, ici et là-bas.

14

Pétrole : la guerre de l'ombre

> « L'addiction de l'humanité aux énergies fossiles a ouvert les portes de l'enfer. »
>
> Antonio GUTERRES, secrétaire général des Nations unies, juin 2023

Si l'on doit associer une énergie à la mondialisation, c'est évidemment le pétrole, dont il reste le carburant le plus efficace. Et le plus redoutable. Il a pénétré absolument tous les aspects de notre vie quotidienne, jusqu'au plus profond de nos imaginaires. Il nous enferme dans une addiction aujourd'hui suicidaire et nous condamne à « l'enfer » du chaos climatique. S'en passer est un immense défi et une obligation. Le pétrole est aussi l'énergie de la corruption et des dictatures. Derrière les guerres pour le pétrole, derrière les guerres financées par le pétrole, une autre guerre est à l'œuvre. Elle se mène en costumes, à la table des chefs d'État, dans les ministères, dans les parlements, dans les organisations internationales et pendant les COP climat, dans les médias et sur les réseaux sociaux. Elle est à l'œuvre depuis plus de cinquante ans pour bloquer les politiques climatiques et son corollaire d'évidence : la sortie des énergies fossiles. C'est une guerre de l'ombre. Une guerre où s'affirme la puissance et l'impunité des firmes pétrolières, où les relations incestueuses qu'elles entretiennent avec les États ne permettent plus de savoir qui contrôle l'autre.

La paix de carbone et les guerres du pétrole

Quelques rappels. À très, très grands traits.

La Première Guerre mondiale fait du pétrole un enjeu militaire et géostratégique central. En 1917, Georges Clemenceau déclare au président Wilson : « Si les Alliés ne veulent pas perdre la guerre, il faut que la France combattante, à l'heure du suprême choc germanique, possède l'essence aussi nécessaire que le sang dans les batailles de demain ! » Le pétrole est pratique. Sa forme liquide en fait une source d'énergie facilement transportable. Elle nécessite peu de main-d'œuvre, un enjeu majeur pour les firmes et les États qui dépendent du charbon et craignent cette classe ouvrière qui a bâti le mouvement syndical et obtient, par sa mobilisation, des avancées sociales et démocratiques[85]. Britanniques, Français, États-Uniens vont faire du Moyen-Orient, où sont découverts d'énormes gisements, leur terrain de jeu en fondant des pétro-États[86], Iran, Irak, Arabie Saoudite...

Après 1945, les énergies fossiles sont au centre de la géopolitique mondiale : à la fois leviers potentiels de développement pour les uns et ressources vitales à protéger pour les autres, à n'importe quel prix. Les gains de productivité et les perspectives de croissance économique avec le pétrole sont tels que les guerres de conquête territoriale entre grandes puissances pour l'accès aux ressources et à l'« espace vital » deviendraient inutiles. C'est le concept de « paix de carbone » développé par Pierre Charbonnier[87] : après le traumatisme absolu de la Seconde Guerre mondiale, on cherche à tout prix à garantir les conditions de la paix. Ce sera la prospérité infinie grâce au pétrole. Cette nouvelle ère s'impose d'autant plus facilement qu'elle repose sur une prédation largement externe aux grandes puissances, loin des mouvements sociaux des mines de charbon, dans des pays asservis à notre appétit et notre ébriété. Cet imaginaire étriqué prévaut depuis. Une réalité alors, un mensonge aujourd'hui, dont usent et abusent les mêmes intérêts économiques et politiques pour maintenir le statu quo fossile.

L'après-guerre voit se multiplier les coups d'État pour installer des régimes dociles. Iran, Irak, Indonésie, Arabie Saoudite… c'est l'âge de fer de la CIA et des autres services secrets occidentaux. Objectif : protéger par tous les moyens le monopole des géants pétroliers et renforcer les positions occidentales dans ces régions clés du monde.

Le mouvement de l'Histoire s'impose néanmoins et les États arabes parviennent peu à peu à prendre partiellement le contrôle de leur industrie pétrolière. Jusqu'à revendiquer un meilleur partage de la rente. Ce qui conduira aux deux chocs pétroliers de la décennie 1970 et à deux guerres mondialisées en Irak.

Du climatoscepticisme au greenwashing *: le sabotage des politiques climatiques*

Un autre danger menace alors les intérêts des groupes pétroliers, qui vont ainsi se déployer sur un autre champ de bataille, celui du changement climatique. Dès les années 1950, des scientifiques se penchent sur l'effet de serre et ses possibles conséquences sur le réchauffement climatique. Le lien est scientifiquement démontré et officiellement établi dans les années 1970 par les instituts de recherche publique et par les firmes elles-mêmes.

Il faudra pourtant attendre 2023 et la COP de Dubaï pour que les énergies fossiles soient explicitement mentionnées dans la gouvernance climatique mondiale. Un demi-siècle durant lequel les lobbys pétroliers ont instillé le doute et empêché l'action publique. L'histoire d'un séparatisme, d'une industrie qui n'a jamais cessé de manipuler les politiques climatiques pour s'en affranchir totalement et pouvoir continuer à décider de leurs investissements sur la seule base de leur rentabilité.

Cela commence par le climatoscepticisme.

Les majors ont mené une guerre informationnelle. En repoussant l'émergence de la vérité scientifique, en construisant le mensonge, en minimisant l'impact de ses activités sur l'environnement et en fabriquant le doute sur le réchauffement climatique et son origine anthropique, l'industrie fossile, très organisée, a largement retardé et limité les décisions publiques sur le sujet. Toutes les majors, Exxon Mobil en tête, y ont participé.

Christophe Bonneuil, Pierre-Louis Choquet et Benjamin Franta ont mené une étude approfondie sur Total (et Elf avec qui la fusion s'est opérée en 1999) et ses positions face au réchauffement climatique. Ils révèlent que, dès 1971, l'entreprise savait que ses activités étaient néfastes pour l'environnement, comme l'atteste la revue interne de l'entreprise *Total information*. Y figure un article intitulé « La pollution atmosphérique et le climat[88] », où l'on peut lire que si « la consommation de charbon et de pétrole garde le même rythme dans les années à venir, la concentration de gaz carbonique pourrait atteindre 400 parties par million vers 2010 » et qu'« il est donc possible qu'une augmentation de la température moyenne de l'atmosphère soit à craindre », mais surtout que « ses conséquences catastrophiques sont faciles à imaginer[89]... » Il faudra attendre près de vingt ans avant que de nouvelles publications sur le sujet paraissent.

En 1986, malgré le consensus scientifique établi sur le rôle des activités humaines, Bernard Tramier, directeur de l'environnement chez Elf, envoie un rapport au comité exécutif de l'entreprise dans lequel il écrit : « L'accumulation de dioxyde de carbone et de méthane dans l'atmosphère et l'effet de serre qui en résulte vont inévitablement modifier notre environnement. Tous les modèles sont unanimes à prédire un réchauffement de la Terre, mais l'amplitude du phénomène reste encore indéterminée. Les premières réactions ont été [...] de “taxer les énergies fossiles”, il est donc évident que l'industrie pétrolière devra, une nouvelle fois, se préparer à se défendre. » Pour Christophe Bonneuil, c'est cette date de 1986, davantage que celle de 1971, qui ouvre la question de la responsabilité juridique de Total[90].

L'American Petroleum Institute (API), le plus gros lobby de l'industrie pétrolière, qui représente entre autres Exxon, Mobil, Chevron, Shell et BP, commence à prendre activement part au débat scientifique et politique. Son but est de convaincre les décideurs des « incertitudes » qui entourent le réchauffement climatique[91]. Des scientifiques et des contradicteurs méconnus sèment le doute dans les médias en affirmant que le réchauffement climatique n'est pas une menace pour la planète. Total et Elf participent activement à cette fabrique du doute. Avec un premier objectif atteint : faire tomber le projet européen d'écotaxe en 1991, puis de nouveau en 1994[92]. L'industrie pétrolière obtient également l'abandon d'un objectif de réduction de 20 % des émissions mondiales de gaz à effet de serre, envisagé comme aboutissement de la Conférence de Rio en 1992.

Finalement, ce n'est qu'au milieu des années 2000 que Total reconnaît véritablement le « sérieux » des rapports du GIEC. Le groupe promeut une « répartition des rôles entre le monde de la science et celui des affaires », où la science décrit le changement climatique et les entreprises le résolvent. Exit la responsabilité et les politiques publiques.

Le consensus climatique est accepté… tandis que des groupes qui en contestent la réalité et influencent la recherche scientifique et académique continuent d'être financés. En 2025, en échange d'une subvention de 2 millions d'euros de la chaire Avenir Commun Durable du Collège de France, TotalEnergies a obtenu de ce dernier qu'il s'abstienne de toute communication susceptible de « porter atteinte à l'image ou à la notoriété » de la firme pétrolière. La chaire organise pourtant un cycle de conférences sur la transition écologique et énergétique ! C'est grâce à la mobilisation des étudiants que le mécénat de Sciences Po par TotalEnergies a cessé, en 2022. En 2023, une enquête de Greenpeace[93] passe au crible 103 structures de recherche publique françaises (universités, CNRS…). Près de 50 % d'entre elles ont des liens avec TotalEnergies. Pour moitié, les recherches concernées portent sur les énergies fossiles et valorisent les solutions du pétrolier comme la capture de carbone. Selon l'enquête du journaliste Stéphane Horel, « les recherches sponsorisées ont 4 à 8 fois plus de chances de déboucher sur des conclusions favorables aux industriels ». L'affaissement du financement public de l'université et de la recherche française sape très directement la liberté académique et l'intérêt général.

Et les dépenses des lobbys restent massives. Entre 2015, année de la signature de l'Accord de Paris sur le climat, et 2019, les plus gros groupes pétroliers et gaziers tels qu'ExxonMobil, Shell, Chevron, BP et Total auraient dépensé près d'un milliard de dollars en lobbying[94]. Les représentants d'intérêts du secteur pétrolier gangrènent les institutions à Paris et à Bruxelles[95, 96]. Plus de 200 lobbyistes travaillant pour ce top 5 des entreprises pétrogazières sont enregistrés au registre européen de transparence[97].

Une omniprésence que l'on retrouve également dans les négociations climatiques. À la COP28 de Dubaï en 2023, 2 500 lobbystes étaient accrédités[98]. Dont Patrick Pouyanné, dans la délégation officielle française. « Les marchands d'armes ne sont pas conviés aux pourparlers de paix, aussi est-il saugrenu de demander à ceux qui pourrissent le climat leur opinion sur la façon de réparer les dégâts qu'ils ont causés », commente alors Marta Schaaf, responsable au sein d'Amnesty International.

Enfin, ces dernières années, les stratégies climatiques de pétroliers se sont encore affinées, en vantant une supposée transition énergétique. Le *greenwashing*. Les campagnes de pub inondent des médias en difficulté économique. Et l'investissement des majors reste consacré à 95 % en moyenne aux énergies fossiles, contre 0,5 à 10 % pour les énergies renouvelables[99]. Ainsi, lorsque Total change de nom pour devenir TotalEnergies, la major met en avant sa conversion vers une entreprise qui se diversifie et ferait la part belle aux énergies renouvelables[100]. Un mensonge ! Nous y reviendrons plus loin.

15

TotalEnergies complice de Poutine

> « Au nom du président Zelensky et du peuple ukrainien, dans ce moment existentiel pour notre nation, nous vous demandons de mettre fin à tous vos accords avec l'industrie pétrolière russe, et de couper les flux d'argent qui financent le massacre de masse des populations innocentes. »
>
> Oleg USTENKO, conseiller spécial de Volodymir Zelensky, courrier adressé directement à Patrick Pouyanné, P.-D.G. de TotalEnergies, 21 mars 2022

TotalEnergies est l'un des leaders mondiaux de l'énergie et l'une des plus grandes entreprises françaises, avec une capitalisation de près de 150 milliards d'euros, plus de 100 000 salariés dans le monde et 15,2 milliards d'euros de bénéfices nets en 2024. Le groupe est de très loin le premier énergéticien français. Il a une empreinte carbone équivalente à celle de la France.

6 juin 2025. La présidente de la 17e chambre correctionnelle du Tribunal judiciaire de Paris prononce ma relaxe complète des accusations pour diffamation portées par

TotalEnergies. Le groupe pétrolier n'avait pas supporté que, dès les premiers jours de l'invasion de l'Ukraine en février et mars 2022, en pleine campagne présidentielle, je dénonce la complicité de Total dans les crimes de guerre perpétrés par l'armée russe contre le peuple ukrainien et exige son retrait de Russie. Le 5 mars 2022 par exemple, je déclarais sur BFM-TV : « Je demande au président de la République, qui avait signé en 2018 un contrat avec Vladimir Poutine pour installer davantage Total en Russie [...] de contraindre Total à quitter la Russie. Ce n'est pas possible qu'une entreprise française comme Total aujourd'hui soit complice de Poutine et des bombardements de la population civile en Ukraine. »

Par sa plainte, la multinationale a voulu masquer sa contribution, en toute connaissance de cause, au financement d'une guerre abominable où on ne compte plus les crimes de guerre et les crimes contre l'humanité. Et passer sous silence que, parmi ses nombreuses activités en Russie, le groupe a participé à l'exploitation d'un gisement de gaz qui a servi à fabriquer du kérosène utilisé par des avions de chasse russes dans leurs bombardements de l'Ukraine, dont celui du théâtre de Marioupol, avec son terrible bilan de près de 600 morts civils.

Le procès intenté par TotalEnergies tourne au contre-procès. Qui peut sérieusement croire que le groupe français ignore la dépendance du régime poutinien au secteur pétrogazier, puisqu'il en est un acteur déterminant ? Qui peut encore croire à l'innocence d'un géant pétrolier dont les activités, et celles de ses filiales, impliquent nombre de complices de Poutine sous sanctions internationales ?

Depuis longtemps, en France et en Azerbaïdjan, au Gabon et en Birmanie, au Yémen et au Mozambique, en Ouganda et dans tant d'autres pays, les organisations de protection de l'environnement, de défense des droits humains et de lutte contre la corruption combattent les exactions et les crimes liés aux activités et aux projets de Total. Partout, les États et leurs dirigeants, qui ont le plus souvent assis des régimes de corruption et d'oppression sur la rente pétrolière et gazière, criminalisent, emprisonnent et parfois assassinent les militantes et les militants de ces organisations ainsi que leurs opposants politiques parce qu'ils osent dénoncer ces crimes. Le groupe pétrolier peut multiplier les plaintes pour masquer la vérité, celle-ci finit toujours par nous éclairer.

Ce verdict est donc aussi une excellente nouvelle pour le débat public et la liberté d'expression, que TotalEnergies veut systématiquement empêcher à travers la multiplication de procédures baillons qui ne visent qu'à faire taire les critiques et les lanceurs d'alerte. Le maintien du groupe français en Russie est un scandale d'État, puisqu'il bénéficie du soutien du président de la République. En 2024, la France reste le premier importateur européen de gaz naturel liquéfié (GNL) russe[101]. On estime à plus d'1,5 million le nombre des victimes de cette guerre d'agression.

Reprenons les pièces du procès telles qu'elles figurent dans nos conclusions aux fins de relaxe. C'est aussi le fil de l'horreur en Ukraine et de la collaboration de Total avec le régime de Poutine.

Une guerre d'agression financée par le pétrole et le gaz

Le 24 février 2022, les troupes russes envahissent brutalement le territoire ukrainien. Cette invasion est immédiatement dénoncée par l'Organisation des Nations unies, les États-Unis, l'Union européenne, dont la France, qui dénoncent un acte d'agression en violation du droit international. Des sanctions sont immédiatement prises à l'encontre de la Russie.

Le 3 mars, le Haut-Commissariat des Nations unies aux droits de l'homme publie une déclaration de recensement d'au moins 1 006 victimes civiles au cours de la première semaine de l'invasion, estimant toutefois que « les chiffres réels sont considérablement plus élevés[102] ».

Suivent Zaporijia, Marioupol, Boutcha…

Après quelques semaines de conflits, les crimes de guerre sont prouvés, les condamnations unanimes. L'invasion russe n'a pas seulement violé l'intégrité territoriale de l'Ukraine, elle viole toutes les valeurs morales. Tout le monde sait. TotalEnergies sait.

Les liens entre l'agression russe et son financement par le pétrole et le gaz sont tout aussi rapidement établis. Un article publié le 24 février 2022 dans *The Guardian*[103], journal d'information britannique de référence, indique : « La Russie utilise effectivement sa domination sur l'approvisionnement en gaz européen comme une arme politique. Réduire la dépendance au gaz russe est une nécessité urgente pour que l'UE atteigne la neutralité carbone, et cela diminuerait également l'influence politique de Poutine sur l'UE […]. La Russie gagne des centaines de millions de dollars par jour grâce aux ventes de pétrole et de produits raffinés, et encore plus grâce aux ventes de gaz et de minéraux. »

Le 9 mars, le chef de la diplomatie de l'Union, Josep Borrell, dénonce : « Vladimir Poutine est capable de financer sa machine de guerre grâce aux paiements de l'UE pour le gaz et le pétrole russes. [...] Nous devons arrêter ces flux qui leur permettent d'acquérir des ressources pour financer cette guerre [...]. L'économie russe n'est pas si interconnectée avec l'économie mondiale. Elle se résume essentiellement à l'exportation de gaz. Et elle utilise l'argent de ces transactions énergétiques pour financer son armée, afin d'étendre son influence là où elle le peut, dans le Caucase, et maintenant en Ukraine[104]. »

C'étaient déjà les revenus du pétrole et du gaz qui avaient financé les opérations militaires russes en Géorgie en 2008, en Crimée en 2014, les bombardements à Alep en Syrie par les avions de chasse russes en 2016. Sans oublier la Tchétchénie en 1994. Et leurs cortèges d'atrocités, de crimes de guerre et de crimes contre l'humanité.

C'est pour cela que les trains de sanctions intègrent progressivement des embargos sur les hydrocarbures russes, commençant dès mai 2022 par le pétrole brut. Le but est clair : réduire les recettes de l'État russe afin de rendre sa guerre contre l'Ukraine plus difficile à soutenir économiquement.

TotalEnergies : le gaz russe vaut bien le sang ukrainien

Sous la pression des condamnations internationales, dès les premiers jours, les grands groupes pétroliers annoncent publiquement leur décision de quitter la Russie ou d'arrêter toute relation avec des entreprises d'État russes.

BP ouvre le bal le 27 février 2022. Le 28, c'est Equinor qui annonce sa sortie. Le 1er mars, ExxonMobil. Shell le 8 mars. Puis ENI. Toutes en moins de deux semaines. D'autres grandes entreprises françaises suivent, telles que Dassault Systèmes, le Crédit Agricole ou Renault. Les Français soutiennent massivement les sanctions économiques contre la Russie. À la question : « Toutes les entreprises françaises doivent-elles quitter la Russie ? », 63 % des personnes interrogées répondent positivement[105].

Toutes les majors du pétrole partent. Sauf TotalEnergies. Et le groupe maintient ses liens avec son principal partenaire, Novatek, une entreprise pétrolière russe proche de Poutine. Des liens qui n'ont cessé de se renforcer, même après l'annexion de la Crimée en 2014 et les premières sanctions internationales contre la Russie. Jamais le président de la République ne demandera à TotalEnergies de cesser sa collaboration avec l'agresseur russe.

Dans un article du 18 février 2021 du quotidien économique russe *Vedomosti*, l'analyste au Fonds national pour la sécurité énergétique Igor Youchkov explique que « la coopération avec Total permet à Novatek de mieux défendre ses intérêts auprès des pays occidentaux, notamment de réduire la pression liée aux sanctions américaines, et d'obtenir des financements pour des projets communs, tandis que, pour Total, le travail avec Novatek lui est bénéfique d'un point de vue économique, car c'est le plus grand producteur de gaz naturel liquéfié en Russie[106] ».

Tout est dit ici sur la coopération très étroite entre les deux entreprises et le lien direct avec le premier cercle de Poutine

Il faut aussi relever qu'au jour de l'invasion de l'Ukraine par la Russie, l'un des membres du conseil d'administration de Novatek est Gennady Timchenko. C'est l'ami de la France et de Patrick Pouyanné, avec qui il copréside depuis des années la chambre de commerce et d'industrie franco-russe. Déjà blacklisté par les Américains depuis l'annexion de la Crimée en 2014, mais protégé en Europe par la France, il est finalement inscrit sur la liste des personnes visées par les sanctions de l'Union européenne, le 28 février 2022.

Vladimir Poutine qualifiait Christophe de Margerie, le prédécesseur de Patrick Pouyanné à la tête de Total, de « vrai et grand ami » de la Russie, tant il défendait avec ferveur, et quelques intérêts bien compris, le régime poutinien, ne mâchant jamais ses critiques contre les positions pro-Ukraine de l'Europe. Patrick Pouyanné est à ce titre plus qu'un successeur, un héritier.

Précisons que la contribution du géant pétrolier français à l'industrie gazière et pétrolière russe va bien au-delà de sa seule participation en qualité d'actionnaire de la société Novatek.

Le groupe français est absolument crucial pour les Russes, car il dispose d'une expertise unique au monde en termes d'exploitation pétrolière et gazière dans les zones les plus arides et hostiles de la planète. Si la production de Total représente moins de 2 % de la production mondiale, l'entreprise joue un rôle clé pour l'exploration et le développement de nouveaux projets dans un grand nombre de pays[107]. Il est le deuxième groupe pétrolier le plus impliqué dans le développement de mégaprojets pétroliers et gaziers dans le monde.

Mai Rosner, de Global Witness, déclare à ce sujet, le 8 avril 2024, lors de son audition devant la commission d'enquête sénatoriale dont j'étais l'instigateur et le rapporteur : « Le statut de superpuissance de la Russie dans le domaine des combustibles fossiles a été construit par les majors du pétrole occidentales, dont Total, au travers de ses investissements technologiques et financiers. En effet, les conditions difficiles d'extraction pétrogazières en Sibérie requièrent des techniques de forage avancées, et la technologie nécessaire pour forer en Arctique n'est détenue que par les compagnies pétrolières américaines et européennes. Nous avons pu constater au cours des deux dernières années les conséquences de ces investissements, qui ont construit le pouvoir de Poutine et ont lié l'indépendance énergétique de l'Europe à un État autoritaire hostile. Plus d'un tiers du budget annuel du Kremlin est issu de taxes prélevées sur la production et l'exportation de pétrole et de gaz. Malgré les sanctions, les revenus russes provenant des combustibles fossiles restent élevés[108]. »

TotalEnergies détient 19,4 % du capital de Novatek, 20 % dans le projet Yamal LNG et 10 % dans Arctic LNG 2 en cours de développement. Jusqu'en décembre 2022, deux représentants de TotalEnergies siégeaient au conseil d'administration de Novatek. Autant dire que le retrait de Total de Russie serait un coup dur porté à l'industrie pétrolière et aux finances publiques russes. Mais un coup dur utile pour les Ukrainiens que le groupe français refuse, par intérêt – et par conviction ? – de porter.

Dans le cadre de la commission d'enquête, j'ai obtenu une recommandation forte et de cohérence quant à l'engagement de la France auprès de l'Ukraine. « Hisser la France en position de pionnier par rapport aux pays européens en proposant l'inclusion du GNL russe aux produits énergétiques sous sanctions européennes, et en donnant l'exemple par l'arrêt dès que possible des importations de GNL russe en France[109]. »

Car, comble du cynisme, les importations de gaz naturel liquéfié (GNL) russe en France, loin de s'arrêter, bondissent de 81 % entre 2023 et 2024, selon le centre de réflexion indépendant IEEFA, dans un rapport publié le 25 février 2025. Dunkerque est le premier port d'importation de GNL russe en Europe. Cela représente à ce jour 2,5 milliards d'euros versés au gouvernement de Vladimir Poutine pour se procurer ce gaz acheminé par bateau[110].

En conclusion, TotalEnergies est un partenaire absolument essentiel pour l'État russe et le régime de Poutine dans l'exploitation et l'exportation de son gaz et, dans une moindre mesure, de son pétrole. L'entreprise française joue un rôle clé dans la pérennisation du régime de Vladimir Poutine et dans le financement de sa guerre. Malgré l'annexion de la Crimée et le premier train de sanctions contre la Russie, le pétrolier n'a jamais cessé de renforcer sa présence et ses activités sur place, s'alliant pour ce faire aux membres les plus proches de Poutine, cette oligarchie corrompue installée par le dictateur lui-même pour contrôler totalement le secteur pétrolier, et appelée à rendre des comptes devant la Cour pénale internationale.

Total et le kérosène utilisé par les avions de chasse russes

Le 21 mars 2022, le chef économiste conseiller de Volodymir Zelensky, Oleg Ustenko, s'adresse directement par courrier à Patrick Pouyanné au nom de son président. Il lui rappelle que les revenus du pétrole et du gaz financent directement la guerre et les crimes que subit son peuple. « J'écris aujourd'hui à TotalEnergies pour obtenir votre soutien. C'est un moment où vos actions seront jugées par l'Histoire. Au nom du président Zelenski et du peuple ukrainien, dans ce moment existentiel pour notre nation, nous vous demandons de mettre fin à tous vos accords avec l'industrie pétrolière russe, et de couper les flux d'argent qui financent le massacre de masse des populations innocentes. »

Le 25 mars 2022, Clémence Bectarte, de la Fédération internationale des droits de l'homme déclare : « On est dans un contexte de conflit où toutes les voix concordent pour dire que l'État russe est en train de perpétrer des crimes de guerre. Tout soutien, même économique, pourrait être appréhendé comme une complicité, car derrière la faculté d'un régime à envahir un pays, il y a des capacités financières[111]. »

En août 2022, le journal *Le Monde* et l'ONG Global Witness révèlent qu'une des entreprises codétenues par TotalEnergies a fourni du kérosène à l'aviation russe. Des avions de chasse qui ont intensément bombardé les populations, dont le théâtre de Marioupol où sont morts plus de 600 civils. Qui peut croire que Total ignorait les activités d'une de ses filiales dans un moment aussi sensible ?

L'enquête démontre les liens d'approvisionnement qui existent entre le champ de production de Termokarstovoye d'une part, dont TotalEnergies détient une participation de 49 %, avec la compagnie Novatek, l'usine de transformation de Purovsky détenue par Novatek d'autre part (que Total possède à près de 20 %), et enfin les bases militaires aériennes russes. Les données récoltées par *Le Monde*, Global Witness et Refinitiv, notamment par le truchement d'images satellites, démontrent que la raffinerie d'Omsk a fourni les bases aériennes militaires russes en kérosène, sans que cela soit contesté par Novatek ni par TotalEnergies[112].

Le 24 août 2022, Total contre-attaque et publie sur son site internet un communiqué intitulé « Non, TotalEnergies ne produit pas de kérosène pour l'armée russe ». L'explication du groupe pétrolier est confuse et, surtout, elle est vite démentie par ses propres documents juridiques, où l'entreprise se targue de sa participation de 58,89 % dans le gisement Termokarstovoye[113]. Et finalement par Novatek qui va reconnaître approvisionner le marché russe.

Le 26 août 2022, virage à 180 degrés, Total annonce la cession de sa participation dans le champ de Termokarstovoye à Novatek, confirmant implicitement les liens établis par l'enquête du *Monde* et de Global Witness.

Sans réponse à leur requête de mars 2022, les conseillers Oleg Ustenko et Mykhailo Podolyak réitèrent leur critique le 1er septembre 2022 et demandent à Patrick Pouyanné de rejeter les 440 millions d'euros de dividendes tirés de ses activités en Russie, qu'ils qualifient de « *blood money* », argent du sang. En vain.

Alors, TotalEnergies est-elle complice ? C'est une évidence. Patrick Pouyanné s'était rendu à la datcha de Poutine en novembre 2014, quelques mois après l'annexion de la Crimée. Il était en Azerbaïdjan avec le dictateur Aliev en septembre 2023, quelques jours avant le nettoyage ethnique des Arméniens dans le Haut-Karabagh. Cupidité, cynisme et complaisance. Dans toutes les guerres, il y a les lâches, les traîtres, les collabos. En Russie, il y a TotalEnergies.

Achat de gaz russe et complaisance vis-à-vis de Poutine : les affaires continuent

Depuis le 24 février 2022 et le début de la guerre d'invasion en Ukraine, les revenus russes tirés de la vente de ses énergies fossiles ne tarissent pas. À la date du 18 juillet 2025, ils ont atteint plus de 900 milliards d'euros, selon le terrible décompte fait en temps réel par le Centre de recherche sur l'énergie et la propreté de l'air (CREA)[114]. Dont plus de 200 milliards pour l'Union européenne. Depuis le 1er janvier 2023 et la mise en œuvre des premiers trains de sanctions sur le pétrole, les revenus tirés des importations de l'Union s'élèvent encore à 64 milliards. Et la France devient le premier importateur européen de GNL, quasi exclusivement issu des activités de Total, avec 6,5 milliards d'euros transférés à la dictature criminelle poutinienne.

Encore en 2024, les ventes de pétrole et de gaz ont rapporté 116 milliards de dollars en taxes à Moscou. Un montant couvrant 85 % de son budget de défense pour 2025. L'Union européenne en porte une lourde responsabilité, puisqu'elle est encore le quatrième client des hydrocarbures russes après la Chine, l'Inde et la Turquie. Nos 21,9 milliards d'euros d'importations d'énergies fossiles russes, après trois ans de guerre, dépassent les 18,7 milliards d'euros d'aide versée à l'Ukraine. Le gaz russe importé par Total est une manne financière pour le groupe français, comme pour Poutine.

Près de quatre ans de guerre en Ukraine, quatre ans de destructions, de pillages, d'exécutions et de massacres, de viols et de déportations d'enfants. Autant de crimes dont il faudra juger les responsables, à commencer par le premier d'entre eux, Vladimir Poutine. Quatre ans aussi de résistance héroïque de tout un peuple, au nom d'une volonté farouche, intacte, de défendre l'intégrité de son territoire, sa culture, le droit à vivre libres, en démocratie, en Européens, dans son propre pays.

Nous le savons, cette guerre est en réalité une guerre de civilisation, qui définira pour les décennies à venir le droit, ou non, d'un peuple à vivre librement, la possibilité, ou non, qu'un État puissant asservisse ou annihile un voisin plus faible. Cette guerre sur le sol européen, c'est une guerre contre la démocratie, contre les libertés, contre les valeurs qui nous réunissent. L'Ukraine n'est qu'une première étape pour Poutine. Cette guerre, l'Ukraine ne peut pas la perdre. Elle doit dorénavant la gagner.

Le soutien des Français à l'Ukraine reste massif, malgré l'enlisement du conflit. Mais qu'en est-il de l'aide réellement apportée par notre pays à la résistance ukrainienne ? Nous sommes souvent loin de nos alliés en termes d'aide financière, humanitaire et militaire. Bien sûr, les comparaisons en matière d'aide militaire sont délicates, puisque certaines données sont confidentielles. Mais la première puissance militaire de l'Union n'est manifestement pas aux avant-postes du soutien à l'Ukraine.

Un bilan peu glorieux donc, qu'expliquent des années d'ambiguïté d'une large partie de la classe politique française vis-à-vis de la Russie de Poutine. Passons sur les dirigeants politiques d'extrême droite, de droite et malheureusement de gauche qui, fascinés par l'autoritarisme poutinien, corrompus ou aveuglés par leur antiaméricanisme, ne parviennent même plus à distinguer les victimes des bourreaux. Ils prétendent « défendre la paix » en Ukraine, comme ils la « défendaient » en Syrie, en acceptant l'écrasement des peuples et des libertés. Ils se croient des de Gaulle mais ne sont que des Chamberlain. Fort heureusement, ils ne gouvernent pas.

Mais Emmanuel Macron, si.

Sa politique vis-à-vis de l'Ukraine, à l'image de l'ensemble de sa politique internationale, a longtemps semé le doute chez nos alliés, tant elle a manqué de cohérence et, partant, d'efficacité. Après avoir invité Vladimir Poutine en grande pompe à Versailles en 2017, dans l'intimité à Brégançon en 2019, Emmanuel Macron se rend à Moscou le 8 février 2022, quinze jours avant l'invasion. Alors que la France préside l'Union européenne, qu'elle devrait convoquer un sommet européen à Kyiv pour marquer son soutien indéfectible à l'Ukraine, Emmanuel Macron croit encore pouvoir convaincre son homologue russe par la seule magie de son verbe.

Nous ne réécrirons pas l'histoire, mais Poutine aura probablement été conforté dans l'idée que les démocraties occidentales et l'Union européenne, comme en 2014, resteraient divisées et globalement impuissantes face à l'anéantissement de l'Ukraine.

L'impérialisme meurtrier de Poutine s'est finalement heurté à la résistance ukrainienne, à la mobilisation décidée de l'Union, dès le lendemain de l'invasion, avec ses trains de sanctions et d'aides, à l'intervention forte des États-Unis et du Royaume-Uni, qui ont permis d'éviter le pire. Nos hésitations sur l'usage des armes ont affaibli l'Ukraine. Et désormais l'inconséquence et l'inconstance de Trump, sa fascination pour Poutine, déstabilisent le monde.

Emmanuel Macron a heureusement changé son fusil d'épaule. Le président de la République et le nouveau chancelier Friedrich Merz semblent avoir enfin décidé de jouer pleinement la carte européenne pour l'Ukraine, contre Vladimir Poutine et face à Donald Trump.

Il est grand temps de cesser toute complaisance avec le dictateur russe et de soutenir financièrement et militairement l'Ukraine jusqu'à la victoire. Cela signifie assurer l'efficacité des sanctions vis-à-vis du régime russe et de l'oligarchie poutinienne et garantir l'intégrité de nos embargos.

(Pourquoi exclure encore l'uranium, le GNL et les engrais dont la France est très consommatrice ?) Et sortir du pétrole et du gaz pour refermer les portes de l'enfer de la guerre et du chaos climatique.

16

L'industrie pétrolière ou la décarbonation mensongère

> « Le *greenwashing* est aujourd'hui le nouveau déni climatique. »
>
> Laurence Tubiana, présidente de la Fondation européenne pour le climat[115]

Du point de vue écologique, TotalEnergies n'est certes pas la pire des firmes pétrolières. Mais elle rejette, comme les autres, sa responsabilité climatique. Elle refuse de consacrer ses talents, son expertise et ses immenses capacités d'investissement à décarboner notre système énergétique. Sa stratégie industrielle est incompatible avec les faits et la science climatique, qui exigent de sortir le plus rapidement possible des énergies fossiles, grâce à des politiques ambitieuses de déploiement des énergies renouvelables, de sobriété et d'efficacité énergétiques.

En juin 2023, le secrétaire général des Nations unies, António Guterres, exhortait les dirigeants du monde à « commencer en s'attaquant au cœur pollué de la crise climatique, l'industrie fossile [...]. Plus aucune nouvelle centrale à charbon. Mettez fin aux licences et aux financements de nouvelles installations pétrolières ou gazières.»

Même constat de l'Agence internationale de l'énergie (AIE) qui appelle, dans son scénario de référence Net Zero Emissions (NZE), à l'arrêt de tout nouveau projet de charbon, de pétrole et de gaz. Et du GIEC. Valérie Masson-Delmotte, grande climatologue, considère que «le fait de ne pas arrêter l'activité des infrastructures fossiles existantes et prévues avant la fin de leur durée de vie initiale épuiserait les marges de manœuvre pour limiter le réchauffement à 2 °C. En clair, de nouveaux investissements dans de nouvelles ressources fossiles ne sont pas compatibles avec une limitation [du réchauffement à 2 °C].»

Malgré le consensus scientifique, malgré les catastrophes que nous subissons, TotalEnergies poursuit sa fuite en avant fossile. Ses activités et ses investissements, les désastres environnementaux locaux et globaux auxquels l'entreprise est liée, sa présence dans des pays aux régimes autoritaires, choquent depuis des années. La société civile, des journalistes, des citoyens et des élus se mobilisent pour dénoncer l'inacceptable et réorienter radicalement le groupe énergétique.

C'est ce qui a motivé la création de la commission d'enquête parlementaire que le groupe écologiste au Sénat a lancée et dont j'ai été le rapporteur : faire la lumière sur les activités de TotalEnergies, évaluer le fossé avec les engagements de la France sur le climat et les droits humains. Grâce aux dizaines d'auditions, cette commission d'enquête a établi un réquisitoire très sévère contre le groupe français[116].

Son rapport conclut que la stratégie de décarbonation de TotalEnergies n'est ni crédible ni alignée sur l'Accord de Paris. Un diagnostic unanime des climatologues, de l'Ademe, du ministère de l'Écologie et des experts de la société civile. Pire, en poursuivant l'augmentation de sa production de pétrole et de gaz de 2 à 3 % par an au moins jusqu'en 2028, le pétrolier s'en éloigne, quand l'AIE recommande une réduction de plus de 21 % de la production de pétrole et de plus de 18 % de la production de gaz d'ici à 2030.

La priorité donnée aux énergies fossiles et la place de plus en plus grande faite au gaz – et notamment au GNL, dont le très polluant gaz de schiste – disqualifient son plan de transition. De même que ses projections irréalistes de captage et stockage de carbone. Comme l'a précisé Laurence Tubiana, membre du Haut Conseil pour le climat : « 99 % des activités de production [de TotalEnergies] reposent sur le pétrole et le gaz en 2022. C'est la deuxième entreprise la plus expansionniste dans le secteur des énergies fossiles dans le monde. C'est la firme qui a approuvé le plus de nouveaux projets pétroliers et gaziers en 2022 [...]. 25 sont situés dans des pays dotés de régimes politiques soulevant des questions sur la représentation des intérêts des populations. » Alors qu'il reste un budget carbone mondial de 130 gigatonnes pour respecter la limite de 1,5 °C, les 23 bombes carbone dans lesquelles le groupe pétrolier est impliqué pèsent près de 60 gigatonnes, selon l'enquête des ONG Éclaircies et Data for Good qui ont cartographié 425 bombes carbone.

Une bombe carbone est un mégaprojet pétrolier ou gazier, en cours ou à venir, particulièrement climaticide puisqu'il émet au moins 1 milliard de tonnes de CO_2 au cours de sa durée de vie. Cela n'empêche pas le groupe de communiquer massivement sur ses vertus climatiques. En mélangeant allègrement les données. Ce qui fait dire à Valérie Masson-Delmotte qu'il existe « une incoherence entre l'image que renvoie TotalEnergies, celle d'un acteur qui investit massivement dans les énergies renouvelables, et la réalité de ses investissements dans le pétrole et le gaz fossiles, le gaz naturel liquéfié (GNL), ce qui est trompeur pour les particuliers comme pour les investisseurs. »

La commission d'enquête recommande de sortir de l'opacité des bilans carbone réalisés par les entreprises pour les rendre publics et surtout contrôlables. Un moyen aussi de disqualifier enfin le GNL américain, à 79 % composé de gaz de schiste. Un gaz dont l'extraction intoxique les populations riveraines, demande d'énormes quantités d'eau, pollue les sols, peut provoquer des secousses sismiques et libère dans l'atmosphère des quantités massives de méthane, un gaz 28 fois plus néfaste que le CO_2 pour le climat ! TotalEnergies complice de Poutine et alliée de Trump. Décidément.

Comme les autres majors, la compagnie n'investit pas seulement sur ses fonds, malgré les milliards de profits. Les banques et les assureurs français ont longtemps figuré en tête du triste palmarès mondial des premiers financeurs des fossiles, en particulier BNP Paribas, Crédit Agricole, Société Générale et AXA. Sous la pression de la société civile, ces institutions désinvestissent progressivement des énergies fossiles. Mais le compte n'y est pas. En 2024, au niveau mondial, les principales banques (notamment les banques américaines « trumpisées ») ont augmenté de 23 % leur financement aux producteurs d'énergies fossiles, pour un montant de 750 milliards d'euros, selon le rapport annuel de Banking on Climate Chaos[117]. Il est impératif de réguler la fiscalité des institutions financières pour taxer lourdement les financements fossiles et favoriser les projets de renouvelables.

Les cadres juridiques qui permettent de contraindre une multinationale comme TotalEnergies à la transition de ses activités sont aujourd'hui trop faibles. Les quelques outils contraignants qui émergent, comme le devoir de vigilance des grandes entreprises ou le reporting extra-financier, peinent à démontrer leur efficacité juridique. C'est pourtant une avancée majeure que de pouvoir imputer à une entreprise, ses filiales et sous-traitants leurs activités à l'international.

La commission d'enquête a mis en évidence les relations souvent incestueuses entre l'État français, ses élus, et le groupe TotalEnergies. C'est ainsi qu'on retrouve d'anciens cadres du groupe en charge du lobby à la tête de notre diplomatie économique, et d'anciens hauts fonctionnaires en charge de la diplomatie aux « relations publiques » de Total. Qui est au service de qui ? La confusion règne et l'intérêt public disparaît. D'où notre proposition de loi de séparation des lobbys et de l'État.

Si les États ont développé des politiques climatiques sur leur territoire – on pense évidemment à l'Union européenne –, le cadre international pour stopper cette fuite en avant fossile est largement insuffisant : comment empêcher un groupe privé de passer contrat avec un État souverain ?

L'une des recommandations phares de notre rapport préconise le retour de l'État français au capital de l'entreprise, afin d'infléchir ses grandes orientations stratégiques. Le recours à une *action spécifique* au capital du groupe, pour un coût modique de 70 euros, permettrait déjà à l'État de disposer d'un « droit de regard » efficace, à condition de vouloir l'exercer !

La présence de la compagnie française dans des États autoritaires où la société civile et l'opposition sont réprimées, voire persécutées, est régulièrement contestée. Les dégâts environnementaux sont avérés et de nombreuses procédures judiciaires ont tranché ou sont en cours. Pour rappel, naufrage de l'Erika en 1999 ; explosion de l'usine AZF à Toulouse en 2001 ; pollution des nappes phréatiques impactant gravement les populations locales dans la région de l'Hadramaout au Yémen ; pollution de l'air et de la mer au Congo-Brazzaville ; massacres et atrocités perpétrés autour du projet gazier LNG Mozambique ; financement de la junte militaire birmane...

Comment ne pas évoquer ici, même brièvement, les projets Tilenga et EACOP (East African Crude Oil Pipeline) développés par TotalEnergies en Ouganda et en Tanzanie ? Une campagne internationale massive – StopEACOP – dénonce les impacts environnementaux et humains dramatiques liés à la construction d'un pipeline de 1 443 km dans des écosystèmes uniques, et au déplacement parfois forcé de plus de 100 000 personnes dans des pays où les oppositions sont violemment réprimées. Un désastre également dénoncé par les Nations unies et le Parlement européen.

Dans toutes ces affaires, je veux souligner l'immense courage des associations, des populations locales, et des journalistes qui, parfois au péril de leur vie, mènent les enquêtes et révèlent des vérités qui dérangent Total, les gouvernements en place et l'État français, trop souvent complice.

La réponse de Total aux accusations est toujours la même : la légitime revendication des pays du Sud à tirer profit de la rente pétrolière. Sauf qu'il s'agit d'une malédiction pour les populations locales. Dans de nombreux pays riches en pétrole, gaz, minerais, diamants et autres matières premières, l'exploitation de ces ressources a paradoxalement accru la pauvreté et les inégalités, affaibli la démocratie et freiné le développement économique. La malédiction du pétrole, c'est l'accaparement des terres et des richesses par une oligarchie, la persécution des populations locales, la corruption et le recul de la démocratie, l'exacerbation des conflits armés, le financement des groupes mafieux ou terroristes, les destructions de l'environnement…

Philippe Copinschi, docteur en relations internationales et spécialiste des questions énergétiques mondiales, l'a clairement dit pendant la commission d'enquête : « la présence d'hydrocarbures a tendance à déstructurer le système politique d'un pays. […] Il y a une corrélation négative claire entre la forte dépendance d'un pays à l'égard de ses ressources naturelles, notamment énergétiques – pétrole, gaz ou même uranium, pour le Niger -, et son développement. Plus l'économie d'un pays dépend de ses matières premières, moins elle est développée : considérons l'exemple du Venezuela, de l'Algérie par rapport au Maroc, du Nigéria, de l'Angola ou encore du Mozambique. » On pourrait ajouter l'Irak, où est né il y a cent ans TotalEnergies !

Pour sortir de cette situation, il est urgent d'offrir aux pays du Sud, riches en ressources mais pauvres en prospérité, d'autres options de développement, y compris avec les énergies renouvelables dont la production d'énergie bénéficierait enfin aux habitants. Et abondons à la hauteur de nos responsabilités et de leurs besoins un fonds de solidarité internationale, d'aide à la lutte contre le dérèglement climatique et pour la protection de la biodiversité.

D'autant que les financements existent, qu'il suffit de les détourner de l'entretien organisé par les États de notre addiction aux énergies fossiles. Selon l'OCDE, le montant des transferts budgétaires directs et des allègements fiscaux liés à la production et à l'utilisation du charbon, du pétrole et du gaz, enregistré dans 48 économies membres et partenaires de l'OCDE, s'est élevé à 514 milliards de dollars en 2023 (1 100 milliards dans le monde)[118]. Soit 5 fois l'enveloppe annuelle que les pays se sont engagés, aux termes de l'Accord de Paris, à consacrer aux énergies renouvelables et au développement bas carbone.

En cumulant la sous-tarification des coûts d'approvisionnement, celle des coûts environnementaux et le manque à gagner pour les recettes tirées de la fiscalité de la consommation, le Fonds monétaire international évalue à 7 000 milliards de dollars les subventions aux énergies fossiles en 2022[119]. Le FMI ajoute que « l'élimination des subventions explicites et implicites aux combustibles fossiles préviendrait 1,6 million de décès prématurés chaque année, augmenterait les recettes publiques de 4 400 milliards de dollars, et permettrait de faire baisser les émissions de façon à atteindre les objectifs de limitation du réchauffement mondial. » La Banque mondiale quant à elle rappelle que la combustion de pétrole, de gaz et de charbon provoque 7 millions de décès prématurés par an dans le monde.

Guerres du pétrole, guerres financées par le pétrole, guerre de l'ombre contre l'action climatique… la « paix de carbone » s'est consumée. Si le pétrole a incontestablement servi la prospérité des grandes puissances, il a été et reste une malédiction pour les populations des pays producteurs. Pour elles, c'est la guerre, l'oppression et les pollutions. Pour toutes et tous, c'est le dérèglement climatique.

Tout ce qui précède nous amène à une évidence simple, brutale mais indispensable à énoncer : on ne fera pas la transition avec l'industrie fossile, mais forcément contre elle, en limitant, en contraignant, en réduisant tout le pouvoir qu'elle a acquis depuis un siècle.

Il est temps que nos politiques industrielles et énergétiques nous en délivrent.

17

La bataille climatique est aussi une guerre économique

> « J'voudrais travailler encore, travailler encore
> Forger l'acier rouge avec mes mains d'or. »
>
> Bernard LAVILLIERS,
> « Les Mains d'or », 2001

30 septembre 2021, Château-Feuillet, dans la vallée de la Tarentaise.

C'est mon premier déplacement en tant que candidat des écologistes à l'élection présidentielle et je suis de nouveau aux côtés des salariés de l'usine Ferropem, menacée de fermeture, pour soutenir leur combat. Une centaine d'ouvriers et de cadres sont réunis dans la cour de l'usine. Leur incompréhension est à la hauteur de la lutte qu'ils mènent pour la survie de leur établissement. Au fil des discussions et de la visite, on perçoit une immense inquiétude. Car des fours qui ne tournent pas s'abîment. Ces fours, ils les connaissent par cœur, ils en parlent avec ferveur, ils en sont fiers, c'est une partie de leur vie. Ils ont vu tant d'industries fermer dans la région. Ils croient y échapper. Et pour cause !

Ferropem appartient au groupe américano-espagnol FerroGloble et produit du silicium et des ferroalliages, éléments essentiels à l'économie et aux technologies de pointe dans l'aéronautique, la santé, l'automobile, le photovoltaïque, les éoliennes, les batteries... Le site de Château-Feuillet aussi est le dernier en Europe à produire du silico-calcium, un alliage indispensable aux aciéries de haute performance.

Autant dire qu'il s'agit d'une usine d'intérêt général et stratégique pour la France et l'Europe, au cœur de notre souveraineté énergétique et industrielle. C'est la reconnaissance, à l'échelle mondiale, du savoir-faire français qui est en jeu. Une usine stratégique aussi pour la vallée de la Tarentaise et la région, déjà fragilisées par la désindustrialisation et le changement climatique.

Six mois plus tôt pourtant, FerroGlobe, un des principaux producteurs mondiaux de silicium, métal et alliages, a annoncé la « mise en sommeil » de deux de ses sites, l'un en Savoie, l'autre en Isère. Une situation semblable à celle de tant d'autres sites industriels : baisse de la demande – particulièrement en période covid –, concurrence internationale, multiples opérations financières hasardeuses de la maison-mère... Une concurrence notamment chinoise, avec un silicium qui provient du Xinjiang où les Ouïghours sont victimes d'un génocide perpétré par le Parti communiste chinois.

La direction évoque un problème de compétitivité, et pourtant Ferropem a dégagé en moyenne 23 millions d'euros de résultat net chaque année entre 2011 et 2018.

Une cessation d'activité et les licenciements conséquents auraient un impact très lourd pour les vallées de la

Tarentaise et de la Romanche : en plus des 350 salariés et de leurs familles, des sous-traitants, des commerces locaux, des artisans, les services publics ou encore des projets locaux affiliés à Ferropem sont également menacés.

Des repreneurs potentiels se font connaître. Mais Ferroglobe ne veut pas qu'un concurrent reprenne le site.

Ma position est claire : nous ne pouvons pas perdre un outil industriel aussi précieux. Nationalisons le temps de construire un projet de reprise solide et durable avec les salariés. Mais la proposition est rejetée par le gouvernement. Ici comme ailleurs. Comme à Vencourex, près de Grenoble, en ce printemps 2025. Notre souveraineté industrielle dans des filières d'avenir est abandonnée au court-termisme et à la financiarisation de filières industrielles entières. L'impuissance du politique, ce poison pour la démocratie.

L'usine de Château-Feuillet est officiellement fermée le 4 mai 2022, laissant 221 salariés sur le carreau. Le site a finalement été racheté par Ugi'Ring, pour être transformé en usine de revalorisation des déchets industriels. Un projet d'intérêt qui devrait démarrer fin 2025 avec 50 salariés. Une usine qui aurait parfaitement pu coexister avec l'usine ex-Ferropem en activité, contribuant non à son remplacement partiel, mais à la densification du tissu industriel de la vallée.

On veut des usines !

D'où vient ce sentiment de relégation, de mépris, d'être des laissés-pour-compte que vivent tant de nos concitoyens dans les villages, les bourgs, les quartiers populaires, les petites villes, ce sentiment qui alimente si « efficacement » le vote RN ? À l'évidence de la disparition des services publics, des déserts médicaux, de la fermeture des commerces de proximité, de l'éloignement de tout. Comme une dissolution de la vie locale, un assèchement des lieux de socialisation, un effacement des terroirs. Je suis convaincu que la fermeture des usines est un carburant au moins aussi terrible de la colère, du sentiment de déclassement individuel comme du déclassement national.

Le service public, c'est la protection. L'usine, c'est la fierté. La fierté d'un métier identifié, d'une dignité, d'un mérite, d'une reconnaissance sociale, d'un lieu et d'un collectif d'appartenance, d'une identité culturelle, d'un ancrage dans le territoire, d'une construction politique. Pas question de se voiler la face ici sur les conditions de travail, souvent très dures, les horaires décalés, les souffrances physiques... Mais une conviction : le travail et l'usine façonnent puissamment l'autonomie, le contrôle de sa vie, la confiance en soi-même, en celles et ceux qui nous entourent, en notre avenir et celui de nos enfants.

Il nous faut une politique industrielle. Il nous faut des usines. La réindustrialisation de nos régions n'est pas seulement un impératif de souveraineté et de transition écologique, une exigence sociale, c'est une exigence démocratique.

L'industrie européenne va-t-elle poursuivre son déclin à cause du dogmatisme de nos dirigeants ? Entre Covid-19, guerre en Ukraine et chaos climatique, on a pensé l'électrochoc suffisant pour bâtir enfin la politique industrielle qui fait cruellement défaut à l'Union européenne depuis sa naissance. Dépendre de biens ou de services produits avec des normes sociales, environnementales et fiscales indignes, le plus souvent dans des autocraties, menace nos conditions même d'existence et ébranle nos démocraties.

Notre modèle de développement ne peut pas reposer sur l'abondance et le faible coût du gaz russe hier, américain aujourd'hui, et sur la main-d'œuvre bon marché de la Chine hier, sur ses ingénieurs et ses technologies aujourd'hui et demain.

L'Europe s'est construite sur le marché unique. À l'exception notable des agriculteurs, elle a abandonné les producteurs à une concurrence acharnée au sein de l'Union et sur les marchés mondiaux pour privilégier ses 500 millions de consommateurs. Jusqu'à promouvoir une consommation low cost. L'Union européenne est ainsi devenue un géant réglementaire, un nain budgétaire (le budget fédéral représente 1 % de son économie contre plus de 25 % aux États-Unis) et un déficient industriel.

En 2024, à la demande de la Commission européenne, Mario Draghi et Enrico Letta produisent deux rapports majeurs sur l'état de notre économie et les raisons de notre décrochage. Les auteurs confirment nos immenses vulnérabilités et l'absolue nécessité d'innover et d'investir à l'échelle européenne pour bâtir une industrie compétitive et décarbonée, et ainsi asseoir notre souveraineté économique et politique.

La question n'est même plus de savoir « si » nous devons transformer en profondeur notre modèle de production, mais « quand » nous allons enfin passer à l'action, pour le climat et pour la paix. Ensuite, comment faire pour que cette transformation soit socialement bénéfique et juste, pour notre pacte social ? Enfin, qui mènera cette transition ? Les Chinois ? Les Américains ? Ou bien allons-nous être capables de développer aux niveaux français et européen une industrie innovante et décarbonée qui répond à nos besoins, pour nos usines, pour nos emplois, pour nos territoires ?

La brutalité de ce que nous traversons peut-elle provoquer notre « moment Pearl Harbor », pour reprendre l'expression de l'économiste Lester Brown ? Ce moment où la catastrophe nous sort collectivement du déni pour mobiliser l'ensemble des forces vives du pays et faire face. Pour mettre l'économie au service de l'innovation utile et d'un dessein commun.

À ce stade, malheureusement, la perspective d'une grande politique industrielle européenne reste dramatiquement incertaine.

L'Europe, prise en étau entre les États-Unis et la Chine

En 2007, l'Europe se dote d'objectifs de baisse des émissions de gaz à effet de serre, d'efficacité énergétique et de déploiement des énergies renouvelables. Elle est alors en pointe dans le développement des technologies vertes. Des milliers d'entreprises innovent, investissent, recrutent. L'État chinois a déjà compris l'importance stratégique de ces filières. Il se met à subventionner massivement les panneaux photovoltaïques qu'il brade sur le marché mondial pour le dominer. En réaction, les États-Unis imposent des droits antidumping tandis que l'Union procrastine, abandonnant au final sa filière et ses centaines de milliers d'emplois.

Pourquoi ? Parce que l'Europe préfère éviter le bras de fer sur un intérêt industriel commun mal défini. L'Allemagne comme la France arbitrent sur ce qu'elles croient être leur meilleur intérêt national face au géant chinois : les voitures et les machines-outils pour la première, les vins et spiritueux pour la seconde, alléchés par les dizaines de milliards d'investissements chinois dans nos pays promis à chaque visite officielle. Pour avoir porté au parlement européen le combat contre le dumping chinois sur les panneaux photovoltaïques, j'ai pu constater, effaré, l'apathie du gouvernement français face à la menace, malgré les grands discours souverainistes. Notre souveraineté énergétique est bradée. Et puisque de toute façon nous avons le gaz russe...

Certains taxent ce tropisme européen de « naïveté ». Rien de nouveau pourtant, rien que tout le monde ne sache déjà, sur l'agressivité économique de la Chine, les subventions publiques massives et le dumping organisé pour prendre le contrôle mondial de certaines filières (terres rares, renouvelables...), le verrouillage des investissements étrangers et la fermeture des marchés publics, le pillage et les transferts de technologies imposés. Pas de naïveté, donc. Plutôt la cupidité de choisir les délocalisations et le moins-disant social et environnemental. Et l'arrogance de considérer que nous resterions technologiquement « supérieurs », alors que la Chine possède près de 20 millions d'ingénieurs, 4 fois plus qu'il y a vingt-cinq ans !

La Chine est même très bien réveillée. Depuis plusieurs années, le gouvernement chinois mène une politique industrielle agressive en faveur des technologies bas-carbone. Entre ses plans quinquennaux et sa stratégie *made in China 2025*, elle a investi entre 2021 et 2025 plus de 6 000 milliards de dollars dans les infrastructures vertes et numériques. Cet engagement massif a permis au pays d'atteindre dès 2024 les 1 200 gigawatts de capacité installée en solaire et éolien, soit l'objectif initialement prévu pour 2030. Sur le plan technologique, la Chine domine désormais la production mondiale de batteries et de panneaux photovoltaïques, concentrant plus de 75 % des brevets internationaux dans les technologies propres. Le gouvernement a également investi près de 500 milliards de dollars dans l'économie circulaire, pour réduire sa dépendance aux matières premières. Des dizaines de millions d'emplois ont été créés, des centaines de bassins industriels ont été reconvertis.

La Chine sort ainsi du cycle où elle construisait sa puissance industrielle sur le pillage des technologies occidentales et l'exportation de produits low cost. Elle détient dorénavant le leadership scientifique, technologique et industriel sur les secteurs les plus stratégiques. De nombreuses entreprises européennes s'installent ou fondent des partenariats en Chine pour profiter désormais des transferts de technologies. Renversement du monde, renversement de l'Histoire.

Aux États-Unis, à l'été 2022, l'Inflation Reduction Act (IRA) de l'administration Biden amplifie encore le décrochage européen. Son objectif est triple : renforcer les infrastructures, décarboner l'économie américaine et attirer aux États-Unis les entreprises de la transition énergétique. Des investissements de 430 milliards de dollars sont votés, dont 370 milliards dans la transition climatique, avec des réductions d'impôts conséquentes (jusqu'à 7500 euros pour l'achat d'un véhicule électrique) et des aides publiques massives pour acheter « américain ».

Ce dispositif n'est pas nouveau. Depuis la grande dépression des années 1930, les États-Unis se sont dotés d'un « Buy American Act », faisant des marchés publics un outil stratégique pour protéger ses secteurs comme la sidérurgie ou l'armement, privilégier ses PME locales ou discriminer positivement les minorités. Ce qui est nouveau en revanche avec l'IRA, c'est que ce « Buy American Act » boosté se concentre sur les secteurs stratégiques de la transition climatique qui vont structurer l'économie du XXIe siècle, et qu'elle s'accompagne d'une stratégie très agressive d'attraction des entreprises étrangères. Les conséquences de l'IRA sont immédiates. Les constructeurs européens dans l'automobile et les renouvelables, attirés par des subventions qui se comptent en milliards, réduisent leurs investissements en Europe pour les accélérer outre-Atlantique.

Le retour de Donald Trump, son climatoscepticisme, sa collusion avec les producteurs de charbon et de pétrole qui ont financé sa campagne vont-ils casser la dynamique enclenchée par l'IRA ? Trop tôt pour le dire. Biden, conscient de la menace, avait engagé le maximum de budget avant son départ. Le 25 novembre 2024, il se félicitait même que plus de 74000 projets d'infrastructures et d'énergies propres soient déjà en cours dans le pays, que son plan ait généré 1000 milliards de dollars d'investissements privés, dont 119 milliards dans les véhicules électriques et les batteries et 122 milliards dans l'énergie propre. En deux ans.

Et plus de 200 000 emplois ont été créés, principalement dans les secteurs de la fabrication de batteries, l'installation d'éoliennes ou la maintenance des réseaux électriques.

L'Europe de l'industrie fait long feu

Le mercantilisme industriel agressif de la Chine se poursuit donc, avec des standards technologiques de plus en plus élevés. L'offensive américaine a changé de nature. Par les droits de douane imposés à notre industrie lourde, les exigences de production *made in USA*, l'accord inacceptable passé par la très atlantiste Ursula von der Leyen pour l'achat de quantités colossales de gaz de schiste américain, la menace pour notre économie est encore plus grave puisqu'elle repose sur notre soumission, notre participation active à notre déclin.

L'Europe de l'industrie continue de sommeiller. Les rapports se succèdent, comme les résolutions au Parlement européen. Rien n'y fait : l'obsession libérale de la Commission et l'avarice des États membres bloquent toute perspective de relance industrielle.

L'UE est censée mettre 350 milliards d'euros sur la table, mais ces financements doivent provenir des budgets existants. L'Europe a été capable de financer par de la dette commune un plan massif de 750 milliards d'euros de soutien aux économies européennes face au covid. Elle s'apprête à le faire pour le réarmement militaire de l'Union. Pourquoi en est-elle incapable pour l'industrie ?

Sans surprise, c'est maintenant le Green Deal qui est

attaqué. Des projets de *gigafactories* de batteries électriques, massivement soutenus par de l'argent public, ont donné naissance à de grandes usines, notamment dans le nord de la France. Mais la remise en cause récente du soutien à l'électromobilité les menace.

Quand on veut, on peut !

L'Union européenne ne manque pourtant ni de ressources humaines, ni de compétences dans la recherche et l'industrie, ni d'infrastructures et de territoires volontaires pour mettre en œuvre la grande politique industrielle commune dont nous avons impérativement besoin si nous voulons peser dans le monde qui vient.

Il est désormais suicidaire pour l'Europe de ne pas compléter son arsenal réglementaire par une puissance budgétaire comparable à ses concurrents. C'est la recommandation des experts et des économistes. Le rapport Pisani-Ferry Mahfouz pour la France et le rapport Draghi pour l'Europe le démontrent : investir massivement dans la décarbonation et l'agroécologie ne sont pas seulement des nécessités absolues, c'est « rentable » pour la société – et ce d'autant plus lorsque c'est juste socialement. Il y a bien de la « bonne » dette, quand elle répond aux défis du présent, prépare et protège l'avenir, et de la « mauvaise » dette, quand elle provient par exemple de la défiscalisation indécente des ultra-riches.

Nos voisins allemands l'ont bien compris et ont adopté, en mars 2025, un plan massif d'investissements proposé par les conservateurs, les sociaux-démocrates et les Verts. Ce plan « bazooka » est une révolution dans ce pays où l'orthodoxie budgétaire a été érigée en dogme depuis la Seconde Guerre mondiale. Un fonds spécial de 500 milliards d'euros financera sur douze ans les infrastructures (routes, ponts, chemins de fer, écoles, hôpitaux, crèches, réseaux de transport de l'énergie…). Dont 100 milliards seront dédiés aux régions. Et, grâce aux Verts, 100 milliards alloués à la protection du climat.

L'Espagne du gouvernement Sanchez doit notamment sa dynamique économique forte à l'investissement dans le logement et les énergies renouvelables, en plus d'une politique sociale progressiste.

La France avance à rebours. Les gouvernements successifs sacrifient toutes les politiques de transition. Y compris dans l'industrie, alors que la France est l'un des pays européens qui s'est le plus désindustrialisé. Conséquence, notre empreinte carbone provient pour moitié des biens que nous importons (contre 30 % pour l'UE).

Il nous faut donc investir, massivement. Les marchés publics en Europe représentent 14 % du PIB, 1 800 milliards d'euros par an, 170 milliards pour la France ! Là encore, il serait catastrophique pour notre industrie de ne pas nous doter d'un « Buy European Act » pour privilégier la production sur le sol européen, jusqu'à 60 % des composants des produits essentiels et stratégiques. Commençons par les secteurs sensibles comme le pharmaceutique, le digital, l'agriculture, la défense et tous les secteurs nécessaires à la transition énergétique. Et protégeons notre industrie et nos emplois d'une concurrence qui ne respecte ni les réglementations environnementales de l'UE, ni l'État de droit, ni les droits des salariés.

À défaut d'un multilatéralisme capable d'établir les règles nécessaires, il nous faut pleinement appliquer un autre paradigme : le multilatéralisme des valeurs, l'unilatéralisme des mesures. C'est ce que nous faisons, malheureusement avec beaucoup trop de timidité, avec le mécanisme d'ajustement carbone aux frontières dont j'ai été le premier rapporteur au Parlement européen. Pour protéger le climat global, nous imposons à nos entreprises des règles sur leurs émissions de carbone. Il nous faut donc éviter toute concurrence déloyale, tout dumping climatique, de la part d'entreprises issues de pays qui ne font pas les mêmes efforts et qui exportent sur nos marchés. Elles doivent, par ce mécanisme, s'acquitter d'une « taxe carbone » de compensation. Simple. Encore faudrait-il qu'on ait le courage de l'appliquer avec force. Sinon, comme pour l'acier, nos entreprises sidérurgiques continueront d'être concurrencées déloyalement par les importations.

En outre, pourquoi acceptons-nous encore sur notre marché des produits issus de pays qui ne respectent pas les conventions de base de l'Organisation internationale du travail, comme la liberté syndicale ou l'interdiction du travail forcé ? Je l'ai dit : ce serait protéger les travailleurs ici et là-bas. Renforçons également notre politique antidumping beaucoup trop timide. Quand les États-Unis constatent du dumping sur les produits importés, ils tapent fort et vite, protégeant immédiatement leurs entreprises. L'Europe quant à elle réagit tardivement et mollement. Nombre de nos usines ont fermé faute de protection commerciale à la hauteur de la menace. Enfin, puisque nous avons pris du retard et que nous ne sommes pas capables d'être immédiatement souverains sur certains secteurs stratégiques, imposons aux entreprises chinoises qui veulent profiter de notre marché ce qu'elles nous imposent encore sur le leur : l'implantation d'usines et le transfert de technologies.

C'est bien sur 5 piliers que nous devons reconstruire l'industrie européenne : un cadre réglementaire pour donner le cap de transformation, la visibilité et la stabilité de l'ambition politique ; l'accompagnement social pour que les plus fragiles d'entre nous soient les gagnants de la transition ; un budget commun pour innover et investir ; un « Buy European Act » pour dynamiser, relocaliser et densifier notre tissu économique ; des outils de défense commerciale pour arrêter d'être systématiquement les perdants d'un commerce mondial qui ne connaît plus que la loi du plus fort.

Une nouvelle alliance avec le Sud pour la décarbonation

Il est impératif d'ajouter un sixième pilier. Décarboner notre pays exige de relocaliser efficacement une partie des activités industrielles dont nous dépendons aujourd'hui et dont nous aurons besoin demain. Il s'agit donc d'articuler industrie décarbonée et économie circulaire, cette économie de l'intelligence et de la sobriété qui met en réseau l'ensemble des acteurs d'une même région.

On ne peut pas investir dans la décarbonation, l'industrie verte et la transition énergétique sans évoquer les ressources minières indispensables et les pays qui les extraient. Et s'il y a bien une guerre économique que nous n'avons pas le droit de mener, c'est une nouvelle guerre avec les pays du Sud, en remplaçant un extractivisme par un autre. L'Agence internationale à l'Énergie prévoit une multiplication par 4 d'ici 2040 de la demande mondiale en matières premières critiques, jusqu'à 13 fois pour le lithium et 6 fois pour le cobalt et le nickel[120]. Nous savons combien l'extraction minière dans certains pays est synonyme d'exploitation, de persécution des personnes et de conflits meurtriers pour les populations locales. On pense bien sûr à la République démocratique du Congo. Même si l'empreinte écologique d'un modèle économique décarboné est beaucoup plus faible que celle d'un modèle fonctionnant aux énergies fossiles, nous ne pouvons ignorer que ce nouvel extractivisme a des conséquences lourdes pour l'environnement : déforestation, accaparement de l'eau, pollutions majeures, maladies…

Le défi est immense : il nous faut passer d'une économie intensive en émissions de carbone à une économie intensive en métaux. Et les besoins sont massifs. Aux secteurs traditionnels de l'automobile et du bâtiment se sont ajoutés les voitures électriques, les énergies renouvelables, le digital et bientôt la défense. Notre dépendance européenne aux importations est insoutenable, tant pour les grands métaux (80 % pour le minerai de fer, 90 % pour la bauxite…), que pour les métaux critiques (80 % pour le cobalt, 60 % pour le silicium métal, 75 % pour le nickel, 85 % pour les terres rares et même 100 % pour le phosphore ou le titane…)[121]. Elle est éminemment problématique quand elle nous renvoie à la Chine et ses « partenariats », notamment en Afrique. Si la Chine ne possède que 4 % des réserves de cobalt et de nickel, elle contrôle 40 % des gisements mondiaux. La stratégie chinoise ne se limite pas aux matières premières. Elle vise à contrôler toute la chaîne de valeur en intégrant la transformation. C'est de cette manière qu'elle acquiert une telle position dominante dans la fabrication des batteries électriques.

Nous ne pouvons pas continuer à externaliser le coût environnemental et social de nos modes de vie. Notre responsabilité est de passer le plus rapidement possible de l'extractivisme à la circularité. C'est possible car, à la différence des énergies fossiles, les métaux peuvent être réutilisés ou recyclés. L'Union européenne s'est certes dotée d'une stratégie pour réduire notre dépendance, en favorisant l'extraction minière, la transformation sur notre territoire et la montée en puissance du recyclage. Mais la traduction concrète peine à voir le jour.

Si nous devons assumer une part de l'extraction, dans des conditions extrêmement strictes, il nous faut aussi coopérer, transférer les technologies et soutenir des modes d'extraction soutenables dans les pays du Sud, favoriser la transformation sur place, pour que toute la valeur ajoutée produite ne quitte pas les pays en question. Il nous faut encore assurer une parfaite traçabilité des minerais pour interdire les minerais de sang, issus de mines qui sont autant de zones d'esclavage, de meurtres et de destruction. Aider les pays du Sud à développer une industrie de transformation des minerais critiques, c'est bâtir une prospérité partagée autour de l'économie verte. C'est aussi ne pas dépendre de la Chine.

Développons enfin, et surtout, une politique de sobriété en la matière. Réhabiliter les bâtiments plutôt que d'en construire de nouveaux, favoriser les transports collectifs et réduire le poids des voitures. Innovons pour trouver des composants alternatifs qui réduisent nos dépendances et nos impacts.

En conclusion, l'Europe exerce depuis quarante ans un leadership mondial sur le climat. Depuis quinze ans, elle a défini un cadre complet de politique climatique. Sans être à la hauteur des recommandations du GIEC, l'UE fait incontestablement mieux que les États Unis et la Chine. La bataille climatique est devenue, aussi, une guerre économique. Il serait aberrant que nous rations le défi actuel : faire de la transformation climatique, non plus une contrainte qu'on finit par reporter et contourner, mais un projet d'avenir qui mobilise en urgence toutes les forces de la société. Cela passe par de l'accompagnement, de l'investissement et une préférence pour les entreprises européennes et locales lorsqu'elles participent de cette grande ambition fédératrice. C'est maintenant !

18

Transition énergétique : la France à l'arrêt

Nuclear, baby, nuclear!

Les crises climatiques et énergétiques qui nous bouleversent ne s'arrêteront pas demain. Elles peuvent provoquer des pénuries et des chocs inflationnistes très coûteux pour le pouvoir d'achat et les finances publiques. Et très coûteux politiquement : chaque élection dans le monde ces dernières années démontre à quel point l'inflation alimente le vote d'extrême droite. Sans réponses structurelles, il est vain de croire que la tempête finira par se calmer. Elle se transformera en ouragan dévastateur.

Pour réduire notre vulnérabilité climatique et énergétique, il nous faut sortir des énergies fossiles, qui satisfont 60 % de nos besoins énergétiques, nous coûtent 60 milliards d'euros chaque année et que nous importons essentiellement d'autocraties. Résilience climatique et souveraineté énergétique sont un seul et même combat.

La priorité est de baisser nos consommations quand cela est possible et d'électrifier au maximum notre offre énergétique à partir de sources décarbonées. La transition énergétique doit impérativement répondre à plusieurs conditions pour être acceptable, y compris socialement : la nouvelle offre doit se déployer très rapidement, satisfaire évidemment les besoins, être accessible à toutes et tous à un prix raisonnable, créer des activités économiques et des emplois sur tous nos territoires. À court et moyen terme, il n'y a que les énergies renouvelables pour répondre à ce cahier des charges. C'est l'évidence dans la très grande majorité des pays. En France, on n'a pas de pétrole, mais on a des idées? En tout cas, ceux qui nous gouvernent en ont une, tenace : notre avenir sera nucléaire.

Qu'on soutienne ou non le nucléaire, les réacteurs existants resteront là encore longtemps. Qu'on soutienne ou non la construction de nouveaux réacteurs nucléaires, ceux-ci ne seront pas opérationnels avant au moins quinze ans. D'ici là, seules les énergies renouvelables, notamment le photovoltaïque et l'éolien, à côté de l'hydraulique, de la géothermie, de la biomasse et des courants marins, peuvent être déployées rapidement pour répondre aux besoins croissants d'électricité – parallèlement, il faut le rappeler, aux efforts indispensables en matière d'efficacité et de sobriété. Moins chères, faciles à installer, de plus en plus efficaces, en développement rapide partout dans le monde, ces énergies modernes concentrent pourtant en France le feu nourri d'une extrême droite climatosceptique, rejointe par les droites au pouvoir. Elles sont devenues les boucs émissaires d'un monde régressif qui préfère se complaire dans la dépendance vis-à-vis des dictatures pétrolières. Nos filières industrielles sont sacrifiées, nous laissant à la merci d'autres dictatures, ici la Chine. Il est temps que nos territoires bénéficient enfin des usines, des services et des emplois que peuvent nous procurer gratuitement le soleil et le vent.

En attendant, notre pays navigue à vue, sans vision ni visibilité pour les acteurs du secteur. Il s'agit pourtant d'adapter notre système énergétique au plus grand défi du siècle, celui du dérèglement climatique. De tirer les leçons de la guerre en Ukraine et de nos dépendances vis-à-vis de régimes totalitaires et corrompus. De planifier des investissements qui se comptent en centaines de milliards d'euros et qui engagent nos infrastructures jusqu'à la fin du siècle, dessinent nos modes de production, de consommation, de transport.

J'ai bien conscience que, pour beaucoup, le nucléaire est devenu un point de tension sur l'écologie. Et j'entends l'argument mille fois répété : « Arrêtez votre dogmatisme contre le nucléaire quand la priorité, c'est le climat ! » Être pronucléaire devient presque une façon de se démarquer des écologistes militants, toujours trop ceci, jamais assez cela, un bâton d'immunité contre le sectarisme. Ce serait défendre une écologie enfin « réaliste », de « bon sens ». La propagande a tourné à plein pendant des décennies, faisant du nucléaire une évidence énergétique, et une paresse intellectuelle.

Contrairement à ce que beaucoup imaginent, les énergies fossiles restent très majoritaires dans le mix énergétique français, comme en Allemagne, tandis que le nucléaire maintient sa domination sur la production électrique. À tel point que la France est le seul pays européen à n'avoir pas atteint en 2020 l'objectif sur lequel elle s'était engagée en 2008 en matière d'énergies renouvelables. Elle est aussi régulièrement critiquée par l'Union européenne comme par le Haut Conseil pour le climat pour la faiblesse de ses politiques d'efficacité et de sobriété énergétiques. Une faiblesse qui s'explique aisément : le nucléaire garantirait une abondance bon marché. Pas besoin de faire des économies d'énergie, pas besoin d'autres sources d'électricité. Le problème, c'est que c'est faux !

Un seul exemple : si on avait respecté les objectifs fixés en 2008 pour la consommation énergétique dans les bâtiments, nous aurions aujourd'hui économisé l'équivalent de nos importations de gaz russe avant l'invasion de l'Ukraine et sorti des millions de Français de la précarité énergétique.

Il y a bien sûr un parc nucléaire à entretenir et à sécuriser, probablement jusqu'au milieu du siècle. C'est un grand chantier déjà très coûteux. Il faut des compétences et des ressources. L'âge moyen de nos réacteurs, prévus initialement pour durer quarante ans, atteint déjà trente-neuf ans en 2024. Vouloir porter la durée de vie de ces réacteurs à cinquante, soixante voire quatre-vingts ans est un pari très dangereux alors qu'ils connaissent déjà de grandes fragilités génériques. Les arrêts pour panne et maintenance risquent de se multiplier et de faire du nucléaire une énergie de plus en plus intermittente. La mise à l'arrêt de la moitié du parc nucléaire en 2022 devrait nous alerter. Heureusement, nos voisins nous ont permis d'éviter le black-out. Les mises à l'arrêt des réacteurs vont également se multiplier du fait du réchauffement climatique. Le nucléaire a besoin d'énormément d'eau pour se refroidir. Il représente la moitié des prélèvements d'eau douce en France. Autant dire que les canicules et les sécheresses conduisent déjà à des arrêts de la production, soit parce qu'il n'y a plus assez d'eau, soit parce que les rejets font monter trop dangereusement la température des cours d'eau. De même, certaines centrales en bord de mer sont menacées par l'élévation du niveau de la mer, le recul du trait de côte et les vagues-submersion. La Cour des comptes prévoit « une multiplication par un facteur de trois ou quatre les indisponibilités liées au réchauffement climatique à l'échéance de 2050[122] ».

Pourtant, ici, la raison importe peu. Car le nouveau nucléaire est plus qu'un moyen de produire de l'électricité, plus qu'une grosse cocotte-minute chauffée par la fission nucléaire de l'uranium. Pour ses promoteurs, le nucléaire est un projet en soi, un mythe, une foi. Le gouvernement français et toute la droite, extrême comprise, veulent construire au moins 14 réacteurs EPR2, une version plus « légère » que les EPR actuels.

Parlons budget d'abord et de la facture annoncée des 6 premiers EPR2 : 51 milliards d'euros annoncés par EDF en 2020, 67 milliards en 2024. On parle maintenant de 100 milliards d'euros. 16 milliards l'unité ! Qui peut d'ailleurs être surpris de ces réévaluations successives, de ces chiffres astronomiques, quand le coût de l'EPR de Flamanville a explosé de 3 à 23 milliards d'euros, celui des deux EPR d'Hinkley Point en construction en Angleterre de 22 à 40 milliards ? Une explosion des coûts qui ne laisse pas indifférente la Cour des comptes. Dans un rapport sur la filière EPR en janvier 2025[123], elle recommande de « retenir la décision finale d'investissement du programme EPR2 jusqu'à la sécurisation du financement et l'avancement des études de conception détaillée ».

Car, à ce stade, le programme EPR2 n'est ni financé ni rentable. Sa conception n'est même pas achevée. L'État, avec nos impôts, va certes largement financer sa construction. Mais EDF va se retrouver avec des réacteurs qui, comme les EPR, vont produire une électricité à plus de 100 euros le Mégawattheure (MWh), soit le double du marché actuel de l'électricité. Des coûts aujourd'hui très supérieurs à ceux des renouvelables, dont les prix ne cessent de baisser.

Parlons délai maintenant. L'urgence climatique est là : notre pays s'est déjà réchauffé de 2 °C. Notre addiction aux énergies fossiles nous a coûté 62 milliards d'euros d'importations en 2024. Les deux tiers de notre déficit commercial. Un gouffre ! Le pouvoir d'achat des Français est en berne. Il nous faut donc agir vite et fort.

Si les énergies renouvelables sont rapidement déployables, aucun EPR2 ne verra pourtant le jour avant au moins 2040. L'expérience là encore devrait nous éclairer : douze ans de retard pour l'EPR de Flamanville, quatorze ans pour l'EPR finlandais, déjà sept pour les EPR d'Hinkley Point. Décidément, le nouveau nucléaire, c'est trop cher, trop tard ! En réalité, chaque euro investi dans le nouveau nucléaire, parce qu'il est détourné d'autres chantiers plus performants, retarde la décarbonation indispensable de notre société.

Alors pourquoi mettre tous nos œufs dans le même panier, s'il est percé ? Par nostalgie gaulliste et pompidolienne ? En politique, la nostalgie est toujours régressive car elle travestit le passé pour flatter le présent. Et tromper l'avenir. Par foi ? Ce n'est plus de la foi, c'est du créationnisme. En énergie comme en laïcité, la foi ne doit pas faire la loi.

À l'Assemblée, une majorité d'extrême droite et de droite a même voté en juin 2025 un moratoire sur les énergies renouvelables. Des dizaines de milliers d'emplois et des centaines d'usines seraient détruits. Pendant ce temps-là, le monde bouge.

Le monde a choisi son camp : les renouvelables

En 2024, 93 % des nouvelles capacités de production électrique installées dans le monde sont des renouvelables. La quasi-totalité. Avec une croissance de 15 %. Déjà 16 millions d'emplois, dont 7 dans le solaire[124]. En janvier 2025, pour la première fois, les pays de l'Union européenne ont produit près de la moitié de leur électricité avec des renouvelables, selon le think tank Ember. Le solaire et l'éolien ont produit plus que toutes les énergies fossiles, charbon, gaz et pétrole. Le solaire à lui seul fait désormais mieux que le charbon. Toujours selon Ember[125], en juin 2025, le solaire a été la première source d'électricité dans l'Union européenne, avec 22 % de la production, juste devant le nucléaire, l'éolien, le gaz et l'hydroélectricité. Loin devant le charbon, à seulement 6 % de la production. Une leçon, une réalité, alors que dans le même temps les droites macroniste, LR et RN faisaient assaut commun contre les renouvelables à l'Assemblée et au Sénat.

C'est dans les filières renouvelables que se déploient partout le génie de l'innovation, les compétences, la compétition économique, la création d'emplois et que se construisent la résilience et la souveraineté des économies de demain.

Quelques chiffres encore pour l'illustrer. Il a fallu presque soixante-dix ans pour produire le premier Terawatt d'énergie solaire, depuis l'invention de la cellule photovoltaïque en 1954 jusqu'en 2022. Deux ans pour produire le second. Un an pour le troisième[126].

Les capacités de stockage de l'électricité, élément structurant d'un modèle électrique fondé sur les renouvelables, progressent aussi très rapidement. En Californie et en Chine, elles peuvent désormais alimenter des régions entières pendant des heures.

La Chine – encore la Chine – installe la moitié de la production mondiale de renouvelables et de stockage. Et écoule sur son marché intérieur la moitié des véhicules électriques et hybrides vendus dans le monde. Le coût des batteries a baissé de 95 % en quinze ans. Au premier semestre 2025, la Chine a installé autant de panneaux photovoltaïques (PV) qu'en comptent tous les États-Unis. Pour la première fois en 2025, les émissions de carbone de la Chine pourraient baisser.

Ce pays réussit parce qu'il a fait de la transition climatique un enjeu économique prioritaire. Et un enjeu géopolitique majeur, avec 80 % de la production mondiale de PV, 60 % de celle d'éoliennes et 50 % de la production de batteries.

La Chine est une dictature et les citoyens n'ont pas le choix. Il n'en demeure pas moins que l'environnement est un enjeu politique majeur pour le Parti communiste. Faute de pouvoir revendiquer des libertés politiques, les citoyens manifestent régulièrement, y compris dans les régions éloignées de Pékin, contre la piètre qualité de leur environnement. La pollution de l'air, de l'eau et des sols tue des millions de Chinois chaque année. On a toutes et tous en mémoire les images de la pollution de l'air à Pékin pendant les jeux Olympiques de 2008, une pollution provenant des centrales à charbon et du parc automobile thermique. Des images terribles pour la réputation de la Chine et un ferment de contestation du pouvoir.

L'État chinois continue donc d'encadrer fermement ces secteurs si stratégiques, mais la chute des coûts, et donc des prix, fait que les consommateurs ont désormais intérêt à acheter des véhicules électriques et à s'équiper en renouvelables.

« Ah oui, mais regardez, en sortant du nucléaire, l'Allemagne relance le charbon... » Faux. En Allemagne, la sortie du nucléaire engagée en 2000 fait l'objet d'un consensus massif et populaire, y compris dans les milieux syndicaux et patronaux, sur lequel le nouveau gouvernement allemand n'entend pas revenir. Une sortie organisée et programmée, permise par la montée en puissance des renouvelables, qui ont assuré 60 % de la production d'électricité en 2024, selon l'Office fédérale des statistiques.

Évidemment, tout n'est pas vert outre-Rhin. Malgré une réduction constante de la consommation de charbon depuis 2010, ce combustible climaticide représente près d'un quart du mix électrique allemand. De même, la sortie du gaz russe se fait dans la douleur, à la hauteur de la dépendance de l'industrie allemande vis-à-vis de cette énergie peu chère et de la complaisance cupide des conservateurs et des sociaux-démocrates à l'égard de la Russie de Poutine et de Gazprom. Une transition que le plan d'investissement Bazooka va accélérer.

La France doit retrouver la raison

Il est urgent que la France retrouve le goût des renouvelables qui faisait de notre pays un précurseur… dans les années 1980, avec Photowatt pour le solaire (abandonnée par le gouvernement en 2025 après un long calvaire) et Jeumont pour l'éolien. Nous avons les talents et les compétences – chercheurs, ingénieurs, ouvriers, artisans –, des entreprises, des collectifs citoyens et des collectivités qui n'attendent qu'un peu de volonté politique et de stabilité.

Et l'opinion publique y est très favorable : 84 % des Français ont une image positive des énergies renouvelables. Un soutien qui monte à 94 % pour les riverains d'installations. Une enquête Harris Interactive de 2023[127] distingue l'opinion des Français par type d'énergie : 84 % des Français ont une bonne opinion de l'énergie solaire, 77 % de l'hydraulique, 67 % de l'éolien, 57 % du gaz naturel et 56 % du nucléaire. Les renouvelables sont considérées comme innovantes, créatrices d'emplois et positives pour l'environnement et notre souveraineté énergétique. Et 2 Français sur 3 demandent une accélération du développement des renouvelables dans les cinq prochaines années[128].

Les droites perpétuent une incompréhensible défiance vis-à-vis des énergies renouvelables. Les acteurs de ces filières, présentes sur tout le territoire, et leurs 240 000 emplois directs et indirects, tremblent devant l'indécision, l'incertitude et les mensonges. On est loin des plans solaire et éolien promis par Emmanuel Macron, qui devaient participer à la réindustrialisation du pays et à notre souveraineté énergétique. On est loin de nos obligations européennes. Nous atteignons à peine en 2025 l'objectif fixé pour 2020.

Nos entreprises sont plus proches du dépôt de bilan que du développement. Dans nos régions, des usines de fabrication de panneaux photovoltaïques et d'éoliennes ferment.

Les alliés de la droite française dans cette croisade anti-renouvelables s'appellent Trump, Orban, Meloni, Poutine. Est-ce vraiment le camp auquel nous voulons appartenir? La droite de Bruno Retailleau renoue avec une sinistre tradition. En décembre 2010, François Fillon, premier ministre, avait décrété un moratoire sur les projets photovoltaïques. 15 000 emplois détruits, des dizaines d'entreprises fermées. Tout ça pour finir à la solde des pétrogaziers russes. Une étonnante idée de notre souveraineté.

Parlons souveraineté justement. Cette souveraineté dorénavant brandie pour justifier les mêmes politiques qu'hier nous ont rendus si vulnérables. En freinant l'électrification de notre économie, faute de nouveau nucléaire disponible avant au moins quinze ans, le pouvoir alimente nos dépendances au pétrole du Golfe et d'ailleurs, au gaz de Poutine et au gaz de schiste de Trump, à l'uranium du Kazakhstan et de l'Ouzbékistan. Et une facture d'importations exorbitante.

Le seul fait que l'extrême droite soutienne le tout nucléaire en assumant pleinement son climatoscepticisme, qu'elle multiplie les mensonges grossiers sur les coûts des renouvelables, devrait alerter chacune et chacun. Leur complaisance vis-à-vis de Poutine et de Trump en font les premiers fossoyeurs de notre souveraineté. N'oublions jamais que chaque crise, chaque choc, qu'il soit climatique ou inflationniste, renforce la colère et le vote RN.

Sobriété, efficacité, renouvelables, sécurité du parc nucléaire existant, souveraineté, voilà ce qui devrait guider une feuille de route énergétique responsable. Ce chemin a déjà été tracé par de nombreux pays de l'Union européenne. Bâtissons notre sécurité climatique et notre souveraineté énergétique, pour casser le cycle infernal du désespoir social, de l'angoisse climatique et de l'affaissement démocratique. Dépendons de l'eau, du soleil, du vent, de la biomasse, de la chaleur du sous-sol. Ce sont les énergies de paix.

19

Identité nationale : sortons du déni

> « Ce que l'humanité a désormais en commun, c'est le fait que nous sommes appelés à vivre exposés les uns aux autres, et non enfermés dans des frontières, des cultures et des identités. C'est le propre de l'humain, mais c'est aussi le cours que prend désormais notre histoire avec d'autres espèces sur cette Terre. Vivre exposés les uns aux autres suppose de reconnaître qu'une part de notre "identité" s'origine dans notre vulnérabilité. Celle-ci doit être vécue et entendue comme un appel à tisser des solidarités, et non à se forger des ennemis. »
>
> Achille MBEMBE, historien, *Libération*, 2016[129]

9 février 2025. François Bayrou, premier ministre, relance le débat sur l'identité nationale avec cette question : « Qu'est-ce que c'est qu'être Français ? » Le piège est grossier : une perche énorme tendue au RN. François Bayrou évoque même un « sentiment de submersion migratoire ».

On se souvient avec effroi du ministère de l'Immigration et de l'Identité nationale installé en 2007 par Nicolas Sarkozy. Il s'agit toujours de la même recette : déplacer la conflictualité sociale sur le terrain identitaire. Pour y parvenir, il conviendrait de faire le tri entre les « bons Français » et les Français « louches », celles et ceux issus de l'immigration sommés de faire la preuve matin, midi et soir de leur appartenance véritable à la communauté nationale, les résidents étrangers vivant légalement en France, qui participent à la création de notre richesse collective, mais à qui devrait s'appliquer désormais la « préférence nationale » et, enfin, les personnes sans papiers qu'il faudrait, nous répète-t-on, expulser sans délai ni recours. Le débat sur la dernière loi immigration fin 2023 avait déjà dérapé sur l'identité nationale et une vision rance de la nationalité, transpirant trop souvent le racisme, et particulièrement l'islamophobie.

Ce même fantasme d'une identité figée est agité par des intellectuels souvent venus de la gauche, mais ayant basculé très à droite, et nourrissant les confusions les plus sombres. Ils (ce sont souvent des hommes) se prétendent les derniers défenseurs d'un libéralisme politique universaliste et progressiste, qui serait menacé à la fois par des minorités ethniques, l'Islam, le militantisme LGBT et les féministes. Leur identité rabougrie est une citadelle assiégée, menacée par un vague complot « wokiste » dont tout le monde parle et que personne ne sait définir, et pour cause. Ils rejettent la promesse libérale qui, depuis les Lumières, combat sans concession toutes les discriminations. Ils lui préfèrent la domination de la majorité sur les minorités en leur refusant l'égalité des droits. Leur universalisme est ethnique et nationaliste. Leur laïcité n'est que le refus de la visibilité du fait musulman. Jusqu'à reprendre l'antienne d'extrême droite de la minorité blanche menacée de disparaître par le grand remplacement et l'émergence d'un régime d'apartheid antiblanc. Aigreur et déchéance.

Faut-il abandonner ce champ de bataille, aussi pollué soit-il ? L'instinct, l'odeur fétide qui s'en dégage et, il faut bien l'admettre, la tentation de céder à la facilité politique, nous y invitent. Et pourtant. Avons-nous encore le choix de mener nos combats sur les seuls terrains que nous choisissons ? Pouvons-nous vraiment céder à l'adversaire les terrains qui nous rebutent ?

« Lorsque l'avenir est sans espoir, le présent prend une amertume ignoble », disait fort justement Émile Zola[130]. Nos vieilles démocraties sont plongées dans une grande confusion. La perte de repères et de sens, les angoisses du quotidien, l'incapacité à se projeter positivement dans l'avenir, le sentiment d'insécurité locale et globale et l'exaspération qui en découle amènent nombre de concitoyens à s'interroger sur leur identité, individuelle et collective. Quelle maîtrise de ma vie ? Quel avenir pour mes enfants ? La France va-t-elle disparaître dans l'obscénité de la mondialisation ? Quand l'ici et l'ailleurs se confondent, nécessairement, comment échapper au retour de la frontière ? Alors que prolifèrent les nostalgies régressives et les pires réécritures historiques, savoir d'où l'on vient, qui l'on est et ce que l'on veut devenir est essentiel. Apporter des réponses à la question « qui l'on est ? » est le meilleur remède à l'obsession malsaine de « qui est l'autre ? ». Ne désertons pas ce débat.

Nous ne manquons pas d'arguments pour parler autrement de la France. Les historiens nous l'enseignent : l'identité nationale est un concept flou, subjectif, qui toujours résulte d'une construction et renvoie chacune et chacun à l'Histoire et à sa mémoire, aux aspirations et aux émotions, au récit qu'elles alimentent et qui nous anime. La seule réponse juridique acceptable, dès lors, c'est la loi de la République, les principes et les valeurs qui la sous-tendent. Celle qui définit la nationalité et ses conditions d'acquisition, celle qui fixe les règles de vie commune qui s'appliquent à toutes et tous, Français et étrangers, résidant sur notre territoire. Sur cette base, pas de discrimination. L'égalité est un élément central, sinon l'élément fondamental de notre pacte républicain, et donc de notre identité nationale.

Comme Jean Ferrat, je pourrais chanter ma France, celle des Lumières et de la Révolution française, des *Misérables* d'Hugo et de la cérémonie d'ouverture des JO avec Aya Nakamura. Celle du Front populaire et du Conseil national de la Résistance. Celle d'Aimé Césaire et de Gisèle Halimi, de Dreyfus et de Senghor… Tandis que l'extrême droite chantera la Vendée et la Restauration, Esterhazy et Pétain, Maurras et Papon, la collaboration et la colonisation, les Croix-de-Feu et l'OAS…

Mais en juillet 2024, celles et ceux qui ont refusé d'abandonner notre pays à Marine Le Pen, et se sont portés aux urnes pour l'empêcher, étaient fondamentalement animés d'une « certaine idée de la France », mêlée d'héritages et de batailles variés. En aucun cas, une France figée. Figer, ce serait choisir. Et choisir jusqu'où ? Un processus imbécile qui provoquerait la fragmentation à l'infini de la société. Montaigne ou Pascal ? Voltaire ou Rousseau ? Madame de Staël ou Olympe de Gouges ? Robespierre ou Danton ? Monet ou Cézanne ? Camus ou Sartre ? Yourcenar ou Beauvoir ? Mitterrand ou Rocard ? Barbara ou Dalida ? Godard ou Truffaut ? Platini ou Zidane ? S'il faut vraiment choisir, ce sont là des choix individuels, qu'il serait absurde de vouloir transformer en normes collectives.

Qu'on se souvienne de 2021 et des polémiques sur les commémorations des deux cents ans de la mort de Napoléon Bonaparte et des cent cinquante ans de la Commune de Paris. Pour l'une ou contre l'autre ? Notre pays tétanisé a finalement préféré ignorer les deux, comme on éviterait un miroir de peur d'y déceler une vérité, de devoir accepter la complexité et la nuance. Nous avons été incapables de partager un moment de culture, de pédagogie, de débat éclairé sur ces deux moments structurants de notre histoire.

Le risque existe aujourd'hui que se développe en France une sorte de *cancel history*. Ce serait une aberration dans un pays dont la science en la matière est mondialement reconnue. Ce serait là encore imposer un régime sévère à notre appétit d'apprendre et de comprendre, quand la passionnante *Histoire mondiale de la France*, dirigée par Patrick Boucheron, a tiré à plus de 110 000 exemplaires l'année de sa sortie et que les remarquables podcasts de Philippe Collin, « Face à l'Histoire » sur France Inter, ont été téléchargés plus de 30 millions de fois. Rigoureux, exigeants, accessibles et populaires. Et ça marche !

« Celui qui contrôle le passé contrôle l'avenir. Celui qui contrôle le présent contrôle le passé », alerte George Orwell[131]. L'Histoire, la vérité et l'identité deviennent éminemment politiques. Nos adversaires ont choisi d'en faire un terrain privilégié de leur assaut national-populiste. Nous devons nous aussi accepter ce défi et mener la bataille. Je combats l'obsession réactionnaire qui réduit la France à son seul passé, un passé soigneusement épuré de ses heures sombres. Et je sais combien la manœuvre qui consiste à célébrer le « passé glorieux » vise toujours à affaiblir les débats – bien plus urgents – sur les enjeux de l'avenir. Pendant qu'on s'écharpe sans fin sur les statues déboulonnées, on ne parle ni de la violence des inégalités ni des catastrophes dont nous sommes menacés. Mais déserter cette bataille, déserter le conflit idéologique portant sur ce qu'est notre pays n'est pas sérieusement envisageable.

Il ne doit pas s'agir pour nous de chercher à normer l'Histoire et à figer la vérité, comme veulent le faire nos adversaires, mais de les faire vivre. Pour rassembler justement, il faut se rappeler à la fois les heures glorieuses et les heures obscures qui ont forgé notre pays et le socle de valeurs qui, intuitivement, nous réunit, malgré tout.

N'abandonnons pas l'Histoire à ceux qui en ont écrit les pages les plus tristes. N'abandonnons pas les Français à leurs angoisses. Si nous ne proposons nous-mêmes aucune réponse à leurs questionnements, comment déplorer – ou même s'étonner – qu'ils aillent les chercher chez ceux qui leur en proposent – si pauvres et sinistres soient-elles. Et comment nous, écologistes, qui revendiquons la transmission d'un monde habitable aux générations futures, pourrions-nous ignorer ce que les générations passées nous ont légué en héritage, bien au-delà de la crise écologique, et dans lequel nous devons aussi puiser la force et les réponses aux grands défis du siècle ?

On a tort de penser que nous aurions, sur ce terrain, perdu d'avance. La prophétie de la victoire culturelle et politique de l'extrême droite ne devient « autoréalisatrice »[132] que si nous laissons le champ libre. Comme le démontre Vincent Tiberj[133], si le débat politique s'est droitisé et polarisé, la société dans ses profondeurs reste beaucoup plus nuancée.

Mieux, elle continue de progresser. Bruno Retailleau peut répéter *ad nauseam* que « l'immigration n'est pas une chance », 78 % des Français pensent le contraire et la voient comme une source d'enrichissement culturel. Ils n'étaient que 44 % en 1992. Le renouvellement générationnel et l'élévation moyenne du niveau de formation produisent de la tolérance. Cela ne signifie pas que, pour ces 78 %, la question de l'identité ne soit pas légitime. Ces sentiments sont complexes, mais ils existent – et persistent. Les ignorer ne les effacera pas. À nous de savoir en parler, mieux et autrement.

Élevons donc ce débat sur l'identité nationale. Comment rassurer nos concitoyens, les convaincre, mener la bataille et emporter la victoire pour améliorer le sort de la France, des Françaises et des Français s'il n'y a pas, dans nos propres discours, l'amour simple du pays, la fierté heureuse, les mots de reconnaissance pour ce que notre histoire compte aussi de belles pages ? Je vomis le nationalisme mais, comme Jean Jaurès, je revendique le patriotisme. Ce n'est nier ni le pire, ni les victimes, ni l'Europe, ni le monde. Au contraire. C'est savoir embrasser tout cela.

20

L’antifascisme n’est pas un projet

> « Voilà que revenait la rage incontrôlée, la haine de soi déguisée en faute de quelqu’un d’autre. »
>
> Toni Morrison, *Home*, 2012

Face à la montée du Rassemblement national, nombreux à gauche et chez les écologistes considèrent désormais que l’antifascisme doit être placé au cœur de notre projet politique.

L’antifascisme est bien sûr un combat crucial, puisque l’extrême droite est de retour. Et les résistances sont impératives pour défendre pied à pied chaque droit et chaque conquête. Mais on l’a vu aux États-Unis, en Italie ou en Pologne, l’antifascisme et ses mots d’ordre ne suffisent pas pour gagner les élections. Et la frontière est souvent trop vite franchie entre lutter sans relâche contre l’extrême droite et considérer que celles et ceux qui votent pour des projets fascistes seraient eux-mêmes des « fascistes », plus ou moins irrécupérables, même si nombre d’entre eux votent d’abord pour leur pouvoir d’achat, pour la recherche d’une reconnaissance et d'une dignité perdues ou parce qu'ils en ont tout simplement assez du spectacle donné par la classe politique. C'est exactement ce qu'espèrent les autocrates : voir leurs électeurs disqualifiés par l'étiquette infamante, s'agiter d'indignation pour les éloigner plus encore du camp démocrate et ainsi banaliser les hypothèses de victoire de l'extrême droite.

L'addition des résistances et des causes justes ne fait pas une majorité. L'addition des minorités opprimées non plus. Elle ne dessine pas une ambition collective, rassembleuse, mobilisatrice. La nostalgie peut aussi toucher le camp progressiste, qui aime célébrer son passé de grandes luttes mythiques. Il ne tient qu'à nous de ne pas en faire une politique. Nous devons faire plus et mieux. Et c'est difficile. Il n'est aujourd'hui aucune démocratie où le camp progressiste, au sens même le plus large du mot, n'ait trouvé la recette.

Par son simplisme, le récit national-populiste se révèle performant. De notre côté ? Les propositions, les solutions sont là. Pouvoir d'achat, école, hôpital, déserts médicaux, logement, transport, énergie, agriculture, industrie, biodiversité, climat, culture, sport, laïcité, justice, y compris fiscale et sociale, sécurité… nos programmes électoraux débordent de réponses argumentées, chiffrées, expérimentées. Mais, en France comme ailleurs, nous peinons à les mettre en perspective dans un récit. La tentation est forte alors de nous limiter au seul contre-récit dont l'efficacité électorale serait au mieux de mobiliser – ou remobiliser – notre électorat.

Ma priorité constante – elle m'a parfois valu de solides reproches au sein même de ma famille politique – a toujours été d'aller convaincre les personnes qui doutent, et non de flatter les convaincus. La politique à l'usage des militants ou des réseaux sociaux, c'est la mort de la politique. Une culture minoritaire, de l'entre-soi confortable, le refus de la transformation sociale, faute de comprendre la société telle qu'elle est. Comment prétendre alors la gouverner ? En politique, il faut aller chercher les personnes telles qu'elles sont, là où elles sont, pas telles qu'on voudrait qu'elles soient. C'est à cette seule condition qu'un chemin peut s'ouvrir, qu'on peut avancer ensemble.

L'attente d'éclaircissements sur les enjeux et les possibles à venir, les problèmes à affronter et les réponses à y opposer, est immense. Quand les droites agitent le péril identitaire, nous invoquons le péril climatique. Deux vertiges opposés et une polarisation extrême : selon l'université de Dresde en Allemagne, l'immigration et le changement climatique sont même les deux sujets qui provoquent la plus forte polarisation « affective », c'est-à-dire les sujets dont les défenseurs ont les sentiments les plus négatifs envers ceux qui ne partagent pas leur position[134]. Deux paniques qui, l'une et l'autre, évoquent l'effondrement possible de la civilisation, la « fin du monde tel que nous le connaissons ». Grand remplacement d'un côté, grand réchauffement de l'autre[135]. Face à cette concurrence-là, notre récit est contre-intuitif : pour retrouver de la stabilité et de la sérénité, il nous faut transformer profondément nos modes de production et de consommation, nos habitudes. C'est le changement qui crée la stabilité. C'est un nouvel équilibre, un nouveau contrat entre nos modes de vie et l'environnement qui nous offrira de la sérénité. Évoluer pour ne pas tomber, même si la tentation est grande de réclamer une pause face au fracas du monde.

21

Soyons conservateurs, sans être réacs

> « Quand on aime la vie, on aime le passé, parce que c'est le présent tel qu'il a survécu dans la mémoire humaine ».
>
> Marguerite Yourcenar,
> *Les Yeux ouverts*, 1980

L'écologie politique n'a pas de passé à mythifier et n'a pas vocation à en inventer un. Comme l'explique justement Alexis Braud – qui a longtemps été mon compagnon de route –, entre panique identitaire et panique climatique, entre régression dans le passé et nécessaire projection dans l'avenir, le combat politique se joue sur le terrain des repères. D'où l'impératif de structurer notre propre récit politique pour la France, afin de montrer que notre avenir ne peut se limiter ni au passé ni aux frontières nationales, et doit intégrer pleinement l'Europe et l'universalisme.

Que l'écologie n'ait pas pour elle les heures mythiques d'une Révolution ou d'un gouvernement du Front populaire, ces grandes heures qui ont tissé le patrimoine d'autres familles politiques, n'empêche pas que la question écologique a toujours été au cœur de la société et que nos combats peuvent inspirer largement nos compatriotes, y compris celles et ceux en panne identitaire.

Car l'écologie est une réconciliation, ou du moins elle doit l'être. Une réconciliation avec l'avenir, puisqu'elle le rend possible, juste et désirable. Une réconciliation avec le passé, puisqu'elle suppose de chérir et protéger nos héritages, en plus d'aborder, enfin sereinement, le passé qui ne passe pas, comme la collaboration et la colonisation.

Je propose de l'assumer pleinement : oui, il y a dans l'écologie, par essence, une dimension conservatrice. Ce n'est pas un tortueux « c'était mieux avant », mais une simple considération pour « ce qui a été bien » et « ce qui est bien aujourd'hui » et vaut d'être préservé demain. L'écologie doit désormais asseoir sa puissante dimension transformatrice, nécessaire mais qui peut inquiéter, sur sa profonde dimension conservatrice, plus rassurante.

Je défends depuis longtemps l'usage du terme « terroir ». Si un territoire se conquiert ou s'administre, un terroir au contraire, rural ou urbain, se vit, se travaille, s'anime et se fait vivre. Les Allemands ont un terme pour cela, *Heimat*, presque intraduisible en français, tant ce qu'il recouvre mêle de dimensions géographiques et sociales, environnementales et culturelles, émotionnelles au fond. *Heimat* dit le lieu où l'on est ancré, celui des appartenances et des attachements. Toutes choses méprisées par le logiciel libéral, qui voudrait des êtres sans racines, dont la mobilité universelle ferait la modernité. Les réactionnaires, au contraire, veulent s'accaparer les terroirs, façon sépia et gris d'hier. Ne leur laissons pas : les terroirs valent mieux. Inspirons-nous des travaux de Bruno Latour sur la conscientisation écologique et politique qui naît des lieux que l'on veut défendre.

Dans le même esprit, le livre *Mémé* de Philippe Torreton[136] a touché un large public, car il nous parle aussi d'un temps qui bannissait le gaspillage, épousait « naturellement » la sobriété sans qu'elle soit perçue comme une injonction au sacrifice. C'est aussi ce qui séduit dans l'appel au « bon vieux temps ». Le glyphosate dans le Round Up ne s'est répandu qu'à partir de 1974. L'agroécologie que nous promouvons n'est pourtant pas un retour en arrière. Au contraire, elle innove chaque jour, en articulant le potentiel et le respect de la nature d'un côté, et de l'autre les savoirs, les compétences du travailleur de la nature – le paysan – souvent oubliés au cours des dernières décennies.

L'architecture a pendant des siècles protégé les habitants des intempéries, du froid l'hiver et de la chaleur l'été. Après-guerre, elle s'est adaptée en urgence aux migrations et aux concentrations urbaines, de même qu'aux nouveaux besoins de lumière, d'eau courante, de sanitaires et de cuisine. Pour construire des bâtiments confortables et bioclimatiques, les architectes d'aujourd'hui puisent autant dans la science et les nouveaux matériaux que dans un retour aux savoir-faire, aux cultures et aux ressources locales.

Et que dire du chamboulement de notre environnement immédiat ! Les écologistes aiment les terroirs, et ils sont les premiers conservateurs des patrimoines naturels. Le réchauffement climatique est en train de bouleverser nos montagnes. J'ai en tête les images de l'effondrement du glacier à Blatten, en Suisse, survenu en mai 2025. Des coulées de boue, des avalanches de glace et de roches rasent un village entier, heureusement évacué. Un an avant, c'était la catastrophe de la Bérarde, en Isère, où une crue torrentielle avait dévasté une partie du village. Le climat menace tout autant nos littoraux où l'élévation du niveau de la mer, le recul du trait de côte et les vagues-submersion vont faire disparaître des territoires entiers. Les températures des océans et les forêts évoluent trop rapidement pour que la flore et la faune puissent s'adapter. Nombre d'espèces disparaissent ou migrent.

En 1852, Théodore Rousseau, le peintre qui a sublimé la forêt et les arbres, écrit au ministre de l'Intérieur, le comte de Morny : « Permettez-moi de venir au nom de l'art vous demander justice contre les faits qui, depuis trente ans, attristent profondément les artistes. Je veux parler des dévastations qui se commettent par l'administration elle-même dans la forêt de Fontainebleau. Cette forêt, la plus antique de France, est aussi la plus remarquable par ses sites et son caractère tout particulier de grandeur et de beauté. » Avec George Sand et d'autres, ils obtiennent une protection partielle de la forêt. Culture et nature sont indissociables.

Nombre de combats locaux pour la nature et l'environnement rassemblent très largement, bien au-delà des seuls écologistes, même si nous sommes souvent la seule force politique engagée. Ici contre le Grand Contournement ouest de Strasbourg, là contre l'A69, contre l'élevage industriel et ses algues vertes en Bretagne ou un projet d'usine polluante de laine de roche à Soissons… Toujours, la mobilisation relève d'une ambition collective et d'une intimité vitale partagée : protéger notre terroir, l'environnement auquel nous appartenons, notre santé, la beauté qui nous illumine. Pour crédibiliser la profondeur de notre projection transformatrice et rallier à notre cause, il nous faut assumer la dimension conservatrice de la protection du patrimoine commun. Et continuer à briser « la tragédie des horizons ».

22

Brisons la tragédie des horizons

> « Le grand remplacement est celui des idées humanistes et émancipatrices par les idées suprémacistes et xénophobes. »
>
> Edgar MORIN

En septembre 2015, Mark Carney n'est pas encore le premier ministre du Canada. Il dirige alors, depuis deux ans, la Banque d'Angleterre. Quelques semaines avant la COP 21 de Paris, il prononce un discours marquant, qu'il intitule « Briser la tragédie des horizons ». Le discours alerte sur l'émergence d'un risque financier nouveau et redoutable, le climat : risque physique d'abord, lié au coût des impacts, notamment des phénomènes météo extrêmes ; risque juridique, lié aux éventuelles demandes de réparation des victimes (que la dernière décision de la Cour internationale de justice rend de plus en plus crédible) ; risque de dépréciation financière des actifs existants, enfin, lié aux exigences de décarbonation. On voit bien comment une politique climatique rigoureuse, qui laisserait 90 % du pétrole et du gaz restant dans le sous-sol, impacterait des firmes pétrolières dont l'énorme valorisation boursière dépend largement des gisements acquis, mais non encore exploités. De même, elle impacterait tous les acteurs bancaires et assurantiels qui les financent.

Pour tenter de sortir de la contradiction entre les intérêts financiers à court terme et les enjeux à plus long terme liés au risque climatique, cette fameuse tragédie des horizons, Mark Carney a lancé un processus international de *reporting* extra-financier. Il s'agit d'obliger les investisseurs à intégrer le risque climatique dans leurs décisions et à rendre celles-ci publiques et transparentes. L'objectif est clair : verdir la finance pour accélérer la décarbonation. Un enjeu majeur. Ce sont pourtant ces nouvelles règles de *reporting* des grandes entreprises, comme celles sur le devoir de vigilance, approuvées il y a seulement deux ou trois ans, soutenues par les institutions de régulation financière comme la Banque des règlements internationaux et la Banque centrale européenne, qu'Emmanuel Macron a décidé, en juin 2025, de vider de leur ambition. Un président décidément climato-arrangeant.

Élargissons la focale. La tragédie des horizons est d'autant plus dramatique que les conséquences du dérèglement climatique peuvent advenir bien au-delà du terme des mandats des élus ou des membres des conseils d'administration. La tentation est forte pour les gouvernements – comme pour les citoyens – de considérer que les efforts à consentir aujourd'hui sont trop importants pour des effets positifs qui ne se feront sentir qu'à long terme. Investissements publics massifs, tensions et résistances sur les secteurs en transition, reconversions professionnelles difficiles, changements d'habitude, remise en cause des rentes industrielles… tout ce que nous avons décrit dans les chapitres précédents rend la « rentabilité » électorale de la transformation climatique incertaine. Et la conscience du sort des générations suivantes ne suffit pas.

Et ce n'est pas tout. Le climat, c'est aussi la tragédie des horizons géographiques. Le réchauffement est global et se moque des frontières. Une tonne de CO_2 émise en France a des effets en Chine ou au Burkina Faso, et vice-versa. Personne n'a seul la solution. C'est à la fois une mauvaise et une bonne nouvelle pour le multilatéralisme et l'universalisme : sauf à accepter l'effondrement, nous devrons coopérer. Comme le dit fort bien Achille Mbembe, « ce que l'humanité a désormais en commun, c'est le fait que nous sommes appelés à vivre exposés les uns aux autres, et non enfermés dans des frontières, des cultures et des identités ».

Et de ce fait, comme l'explique François Gemenne[137], notre priorité climatique devrait être le soutien aux pays du Sud, pour les aider à la fois à s'adapter et à accélérer leur propre transition verte. À l'inverse de ce que pratiquent aujourd'hui la France et les autres pays occidentaux. En effet, si nous sommes les principaux responsables du réchauffement en cours, notamment du fait de notre industrialisation passée, au regard de l'évolution de l'économie et de la démographie mondiales, ce sont les économies du Sud qui vont progressivement représenter la plus grande part des émissions mondiales. Ce décalage spatiotemporel est aussi social : comme au sein de nos sociétés, à l'échelle mondiale les victimes du réchauffement climatique ne sont pas les coupables.

Dernière strate de complexité, le dérèglement climatique est irréversible à notre échelle de temps. Il n'y aura pas de retour au climat « d'avant ». La seule alternative qui s'offre à nous est entre un réchauffement modéré, dont les conséquences seront très douloureuses, mais face auxquelles on peut engager des mesures d'adaptation, et un dérèglement majeur, qui aura tout d'un chaos global.

La responsabilité, présente et historique, du monde occidental lui impose d'être exemplaire pour le climat. Parce que chaque dixième de degré de réchauffement climatique va peser lourdement, parce que chaque tonne de CO_2 va compter. Mais si nous voulons être justes et efficaces, il nous faut être solidaires : pas seulement parce que la grande majorité des victimes sera au Sud – même si ce devrait être suffisant, au regard de la dette contractée par le Nord –, mais par intérêt bien compris pour nous-mêmes. Et qui peut imaginer que les désordres au Sud n'auront pas de conséquences au Nord ? Dans les chapitres précédents sur la mondialisation et la politique industrielle, nous avons décrit l'urgence et les conditions d'un nouveau partenariat Nord-Sud.

L'écologie doit renouer avec l'internationalisme et l'universalisme qui sont au fondement de son « identité ». Elle l'a quelque peu délaissée. À l'image de nos sociétés où les débats politiques ont eu tendance à se replier sur leur dimension nationale, nos indignations sont parfois sélectives. Nous sommes parfois peu nombreux dans les mobilisations en faveur de l'Ukraine, des femmes en Iran ou des Ouïghours, sans même parler de l'absence de mobilisation pour les populations persécutées et massacrées en République démocratique du Congo ou au Soudan.

Pour briser la tragédie des horizons, il nous faut donc réconcilier les espaces, les classes sociales, comme il nous faut réconcilier le futur avec le présent.

23

Réinventons l'écologie politique

> « Mieux vaut prendre le changement par la main avant qu'il ne nous prenne par la gorge. »
>
> Winston CHURCHILL

Il nous faut transformer profondément l'écologie politique si nous voulons convaincre plus largement d'agir. Aborder le climat et la biodiversité autrement. Nous savons leur caractère à la fois total et surdéterminant. Global, systémique, complexe ; chaos, effondrement, civilisation… le discours écologiste, juste et légitime, est envahi de ces mots immenses, qui semblent écraser toute possibilité d'agir tant le problème paraît hors de portée. Il devient au mieux rébarbatif, au pire contre-productif, quand il exacerbe le sentiment d'impuissance, d'incompréhension parfois.

Les Français ont bien compris le sens du combat écologique mais se posent des questions : Où est ma place ? Quel est mon rôle ? Quelle est l'utilité de ce que je fais seul avec mon sac de sable face à la vague-submersion ? Surtout si, depuis la plage, je constate que d'autres préfèrent surfer la vague plutôt que la briser.

La prise de conscience écologique est aujourd'hui ancrée dans l'opinion publique. C'est notre principal atout. Mais le catastrophisme tétanise. L'habituation s'installe, la résignation se propage. C'est le principal danger : au mieux nous pouvons encore convaincre les gens d'agir pour se protéger des conséquences, mais nous les perdons sur les transformations structurelles à engager. *Too big to act.*

La difficulté est plus grande encore lorsque la transition écologique, faute que soient engagées les transformations systémiques requises, finit par se concentrer sur les seuls changements d'habitudes individuelles. Ce n'est pas forcément un problème pour les personnes qui peuvent se le permettre. Mais pour celles et ceux qui, sommés d'adopter des comportements vertueux intenables, voudraient bien mais ne le peuvent pas, la confrontation intime entre les injonctions à agir et l'impuissance à faire est douloureuse, surtout lorsqu'il s'agit de protéger sa santé, celle des enfants, d'isoler son logement pour faire des économies, d'avoir une voiture plus récente et moins polluante. C'est une écologie d'en haut : une injonction morale descendante imposée à tous, mais dont la mise en pratique concrète n'est accessible qu'à ceux qui vont bien, qui ont les moyens et la liberté de « faire bien ». Pour les autres, la responsabilisation s'est changée en culpabilisation, la morale est devenue moralisatrice.

Cette écologie d'en haut – et j'en suis un acteur parmi d'autres – a ruisselé. Elle a incontestablement permis de lancer l'alerte et de provoquer une prise de conscience très large, elle a irrigué les autres forces sociales et politiques, a nourri des mobilisations. Elle a inspiré des décisions, individuelles et collectives, à changer. Mais nous, écologistes devons apprendre de la drôle de guerre que nous avons perdue. Et assumer notre part de responsabilité. Il nous faut repasser à l'offensive, mais autrement : avec une stratégie différente, d'autres armes, de nouveaux bataillons.

La société civile et la dynamique de la démocratie participative ont « activé » la demande politique pour une action écologique. Mais en politique, c'est aussi l'offre qui force et structure la demande. C'est ainsi qu'on pourra passer d'une majorité culturelle proenvironnement à une majorité politique agissante, transformer la préoccupation climatique en un projet de société émancipateur.

Car à ce stade, sauf à considérer que les Français et, au-delà, les électrices et les électeurs des démocraties choisissent consciemment de voter pour le chaos climatique, nous sommes loin de la majorité. Si nous ne voulons plus que l'écologie reste cantonnée aux rubriques « sciences » ou « planète » des journaux pour l'alerte et le diagnostic, et aux rubriques « faits divers » pour le constat des dégâts et des catastrophes, si nous voulons au contraire qu'elle structure le paysage politique et l'avenir de notre pays, nous devons changer nos manières de faire.

Nous l'avons souligné, les Français sont prêts à changer leurs habitudes, quand ils le peuvent. Sauf que les comportements individuels, c'est un quart de la solution climatique. Le reste relève de l'action collective et des choix de la puissance publique et des entreprises[138]. Couper l'eau quand on se lave les dents, c'est bien. Réparer les fuites sur le réseau et stopper les mégabassines, c'est mieux. De même, la croissance de la consommation de produits biologiques a permis, jusqu'à une date récente, de développer l'agriculture biologique, d'encourager les conversions et de mieux structurer les filières. Les choix individuels ont un effet de système. Mais, faute d'une vraie politique de soutien public (et pire, à cause de l'abandon des dispositifs préexistants), l'agriculture biologique atteint aujourd'hui un plafond.

J'ai déjà évoqué les conditions sociales, industrielles ou fiscales qui doivent crédibiliser les politiques écologiques et le triptyque « équité, efficacité exemplarité » sur lequel elles doivent reposer. Je ne reviens pas dessus. Je veux insister ici sur la manière de les déployer. Nous devons mieux porter politiquement l'écologie d'en bas, celle qui passe par le quotidien et le vécu : se loger décemment, se nourrir sainement, se déplacer facilement, travailler dignement. Mettre en avant les bénéfices perçus : la santé, le pouvoir d'achat, le temps gagné, la qualité de vie, le plaisir. Reconnaître, surtout, les efforts consentis et garantir leur juste répartition.

Inversons les termes de nos équations. Plutôt que de moraliser les questions écologiques, rendons les palpables.

Isoler les logements, c'est d'abord faire des économies, rendre du pouvoir d'achat, améliorer le confort et la santé. Privilégier les commerces de proximité, c'est redonner vie à nos centres-villes et centres-bourgs, favoriser les circuits courts, et tant mieux si cela évite l'implantation de zones commerciales éloignées qui multiplient les déplacements et l'artificialisation des sols. Multiplier les « cours oasis » dans les écoles, c'est d'abord protéger les enfants. Rénover les bâtiments publics, c'est un investissement rentable pour les collectivités, à condition que les banques et investisseurs publics jouent leur rôle de prêteurs à long terme.

Développer l'agroécologie, c'est être moins dépendants des engrais russes, du soja brésilien, de la chimie des firmes, du marché chinois. C'est maintenir nos campagnes vivantes avec des paysannes et des paysans nombreux. C'est être souverains, protéger la santé et valoriser la gastronomie. Et nous savons que cela protège la biodiversité et le climat.

Déployer les énergies renouvelables, c'est sortir des dépendances à la Russie de Poutine, aux pétromonarchies du Golfe et désormais au gaz de schiste américain dont Trump veut nous gaver. Remplacer les énergies de guerre par des énergies de paix, quel projet ! C'est installer des usines sur nos territoires pour le solaire et l'éolien. Là encore, c'est être souverains. Et nous savons combien la sortie des énergies fossiles est au cœur de la bataille climatique et démocratique.

Dans la promotion des politiques écologiques, nous devons donc prioriser les bénéfices rapides et concrets qui répondent aux préoccupations et aux aspirations de nos concitoyens. Au passage, profitons-en pour libérer nos discours de quelques concepts qui, s'ils sont pertinents d'un point de vue scientifique, nous font paraître singulièrement hors-sol. Je pense par exemple aux 9 limites planétaires (que nous-mêmes sommes d'ailleurs souvent incapables de citer de manière exhaustive).

Changer l'ordonnancement de nos arguments nécessite un effort sur nous-mêmes, tant nous avons construit jusqu'ici le discours de l'écologie sur les risques à conjurer plutôt que sur les solutions à éprouver. Tant la morale – au sens noble du terme – a primé jusqu'ici sur les intérêts immédiats dans notre discours public. Tant aussi, il faut bien le dire, nos positions sociales et culturelles nous éloignent parfois de la vie quotidienne de nombre de nos concitoyens, y compris de celles et ceux que nous voulons aider en priorité.

Admettons aussi quelques incohérences dans nos propositions – et corrigeons-les ! Nous prônons l'urgence de la décarbonation, mais nous ne sommes pas les derniers à instruire le procès des énergies renouvelables ou de la voiture électrique. Elles seraient toujours trop capitalistes, pas assez vertueuses. Une aubaine pour nos adversaires. Il n'est évidemment pas question de poser des éoliennes partout, de faire croire que la fabrication d'un panneau photovoltaïque serait propre à 100 % ou que la voiture électrique serait la seule réponse à la décarbonation des transports. Mais comment sérieusement prétendre sortir des énergies fossiles, et progressivement du nucléaire, si seuls les petits projets renouvelables installés par des coopératives trouvent grâce à nos yeux ? Les collectifs antiéoliens appartiendraient davantage au peuple de l'écologie que les développeurs de projets au service des territoires ? Ce n'est pas sérieux. Au regard de l'urgence, il faut l'assumer : le déploiement des énergies renouvelables doit être grandement accéléré et facilité.

Résumons. Il nous faut d'abord retrouver de la profondeur historique, endosser la dimension conservatrice de l'écologie pour asseoir sa projection transformatrice. Il nous faut ensuite ancrer nos propositions dans le concret et les préoccupations individuelles et collectives pour convaincre, mobiliser, justifier des politiques immédiatement ambitieuses et massives. C'est ainsi que nous briserons la tragédie des horizons et réconcilierons le long et le court terme.

À récit nouveau, nouveau registre lexical. Il ne s'agit pas de jeter par-dessus bord les termes de la science et des techniques de l'écologie. Mais parlons d'abord de pouvoir d'achat, de santé, de dignité, de fierté, de civisme, d'autonomie, de sécurité, de souveraineté, de travail, de quotidien, de plaisir, d'épanouissement, de culture, de beauté même. En un mot, il nous faut atterrir, les pieds dans le terroir, dans la vie quotidienne, le regard à hauteur d'humain.

24

Changeons de posture

> « C'est beau mais l'électrode en moi censée transmettre le sentiment de cette beauté est endommagée, presque hors d'usage. »
>
> HAN Kang, *Impossibles adieux*, 2023

Un ami suisse m'a dit un jour : « Vous, les écolos français je ne sais pas comment vous survivez au poids que vous portez sur les épaules : vous êtes français et revendiquez une responsabilité universelle ; vous êtes de gauche et voulez changer l'humanité et l'être humain ; vous êtes écolos et pensez sauver l'avenir ; vous êtes majoritairement de culture catholique et vous sentez naturellement coupables… ça fait beaucoup dès le réveil. Bon courage ! » Un peu plus de pragmatisme, en nous rendant plus humbles, peut nous rendre plus légers et finalement plus efficaces.

Encore nous faut-il changer de posture. Commençons par le plus simple.

Peut-on faire pire que de dénoncer les barbecues ? Bien sûr, nous consommons trop de viande. Mais faire la leçon aux Françaises et aux Français lorsqu'ils sont chez eux, loin des tracas du reste de leur vie, dans les moments de plaisir partagés avec leur famille ou avec leurs amis, est-ce vraiment ce que nous voulons ?

Peut-on faire pire que de dénigrer le sujet de la rentabilité des fermes quand vivre de son métier – et quel métier difficile – est la principale préoccupation des agriculteurs, la première cause des suicides dans ce secteur, alors même que nous voulons convaincre que la transition agroécologique serait bonne pour leurs revenus ?

Comment ne pas voir que c'est là tout ce qui nous rend détestables ?

Ces expressions sont des choix politiques. Maladroites ? Peut-être. Détournées et instrumentalisées ? Bien sûr. Mais quand on veut jouer autant des ressorts médiatiques de la politique et de la recherche du buzz, on ne doit laisser aucune place à l'improvisation. À chaque fois, nous perdons celles et ceux qui se sentent insultés. À chaque fois, nos adversaires s'en saisissent. Nous n'échappons à aucun procès en mépris de classe, en déconnexion de la vie réelle, des plaisirs simples ici, des difficultés du quotidien là. Et les accusations fleurissent : nous serions au mieux non pertinents, au pire méprisants, toujours incompétents et souvent rabat-joie. Les droites et les libéraux s'en repaissent, ils ont trouvé l'adversaire idéal. Ils peuvent alors dérouler : discréditer l'émetteur pour disqualifier la cause.

Soyons lucides. La « radicalité » de ces expressions de rupture répond aussi à une demande. Dans un monde fracassé, où l'avenir semble bouché, l'écoanxiété progresse dramatiquement, particulièrement chez les jeunes. Beaucoup attendent – et réclament – des changements immédiats et radicaux. Comment leur reprocher au vu du monde que nous nous apprêtons à leur laisser ? Il est impératif d'entendre la colère qui s'exprime, de l'intégrer comme une demande sociale légitime. Doit-on pour autant aligner notre projet sur cette radicalité, au risque de nous enfermer dans une écologie très minoritaire ? Ce serait renoncer à être un parti appelé à gouverner pour infléchir ce que nous dénonçons.

L'individualisation de la société – à bien distinguer de l'individualisme – n'est pas un processus étranger aux milieux militants. On pense bien sûr à un militantisme individuel radical, qui s'affirme d'abord sur les réseaux sociaux en n'hésitant pas à chasser, dénoncer, harceler, en priorité les membres de son propre camp qui ne seraient pas suffisamment vertueux. L'anticapitalisme le plus affirmé s'affiche sans ciller sur des réseaux possédés par des milliardaires fascisants. Nous avons toutes et tous nos contradictions.

Plus intéressante est l'évolution de la désobéissance civile. Ayant dirigé pendant sept ans les campagnes de Greenpeace en France, j'ai l'expérience du sujet. Les actions de Greenpeace s'inscrivent dans une longue tradition qui prône la non-violence, sur les personnes et les biens. Les activistes mettent parfois en danger leur intégrité physique pour démontrer notre vulnérabilité collective. Le message est simple, l'action rend visible la menace pour l'environnement et cible le responsable, le pollueur et/ou le gouvernement qui doit y mettre fin. Les activistes sont là, mais c'est le message qui prime.

La désobéissance civile s'est élargie à d'autres causes et à d'autres acteurs. Tant mieux. Sa pratique a évolué. Elle ne cible plus forcément l'État ou le pollueur. Ainsi, Extinction Rebellion ou Dernière Rénovation ont pendant un temps bloqué la circulation automobile pour faire passer leur message. Le trafic routier constitue incontestablement une menace pour la planète, mais l'automobiliste est-il vraiment le responsable ? Oui, si l'on considère que la solution doit d'abord être individuelle. Ce qui est très contestable. Et il faudrait alors s'interroger sur l'efficacité de la méthode pour convaincre l'automobiliste. On peut en douter…

L'acmé de ces nouvelles formes d'action, ce sont les jets de purée de tomate sur les tableaux dans les musées des militants de Just Stop Oil. Leur message : « Vous sacralisez l'art mais vous désacralisez la vie et sacrifiez notre avenir. » Pas de dégradation véritable, les tableaux choisis sont toujours protégés. La couverture médiatique est énorme. Mais le message, très complexe, est en plus dilué par l'effet de provocation. L'opinion publique, dans sa très grande majorité, n'en saisit pas le sens et rejette la méthode. Ce qui est contre-productif au regard de l'objectif recherché : agir pour le climat. Mon scepticisme va plus loin : faut-il profaner l'art pour sauver la vie ?

J'ai déjà eu l'occasion de le souligner : le beau est une dimension majeure de l'écologie – et de mon engagement –, dimension que nous mettons trop rarement en avant. Il y a dans la beauté une vérité, une évidence, qui nous touche toutes et tous intimement et qui souvent peut nous réunir. Un moment de grâce. Une guérison. Un plaisir partagé. La nature l'offre à profusion.

Je marchais hier au milieu d'un champ d'herbes hautes, bercées par le vent et baignées par la lumière du soleil couchant. Je me suis senti appartenir pleinement à ce qui m'entourait. Serein. Une particule du monde vivant et non vivant. Je n'étais plus avec, j'étais dedans. Liberté dans une nature libre. Force irrésistible de la vie. Humilité devant l'immense et l'indomptable. Particularités et universalité. Cette « marge » qui nous dépasse, dont parle Romain Gary dans *Les Racines du ciel.* J'éprouve le même sentiment devant les champs de blé peints par Van Gogh, une même beauté transfigurée par la main et l'émotion de l'artiste.

Comment dès lors profaner un tableau pour sauver la vie et la beauté qui s'y trouvent sublimées ? Pour sauver la planète, il faut d'abord l'aimer. Pour sauver l'humanité, il faut aussi l'aimer. Et la beauté est également dans la nature humaine : la solidarité, l'attention à l'autre, le courage qui nous émeut parfois jusqu'aux larmes. Des moments simples : un enfant qui joue, un geste d'amour, un sourire échangé. Ce « juste un instant » de bonheur chanté par Charlélie Couture qui nous réconcilie avec le monde, avec les autres, avec nous-même. Il y a tant de laid, de malheurs autour de nous. « Nous tournons le dos à la nature, nous avons honte de la beauté », écrivait Albert Camus[139]. L'extrême droite en a fait son fonds de commerce. Défendons le beau partout. Culture et nature, même combat ! Ce sont deux variétés d'une même essence.

Relisons Rimbaud :

Par les soirs bleus d'été, j'irai dans les sentiers,
Picoté par les blés, fouler l'herbe menue :
Rêveur, j'en sentirai la fraîcheur à mes pieds.
Je laisserai le vent baigner ma tête nue.

Je ne parlerai pas, je ne penserai rien :
Mais l'amour infini me montera dans l'âme,
Et j'irai loin, bien loin, comme un bohémien,
Par la Nature, — heureux comme avec une femme [140].

Je reviens au fil de la « radicalité ».

Sommes-nous en situation prérévolutionnaire, comme certains à gauche et chez les écologistes font mine de le croire ? Qui imposerait de mettre en scène une double conflictualité, peuple contre élites pour le social, vertueux contre prédateurs pour l'environnement ? Je ne le pense pas. Nous sommes plus proches d'une contre-révolution nationale que d'une révolution sociale et écologique. En 1934, Simone Weil observait qu'« on pense aujourd'hui à la révolution, non comme à une solution des problèmes posés par l'actualité, mais comme à un miracle dispensant de résoudre les problèmes ». Nous en sommes au même point aujourd'hui.

La question qui nous divise à gauche et chez les écologistes ne porte pas sur notre volonté, ou non, de changer radicalement la société – son état laisse peu d'options. Mais sur la nature et le rythme des transformations que la majorité de la population peut soutenir. Et sur la nécessité, ou non, de rechercher un tel accord majoritaire. Est-ce qu'une avant-garde éclairée ne pourrait pas faire plus rapidement le bien écologique de l'humanité, malgré elle ? Une telle illusion avant-gardiste aux dérives léninistes a déjà, sur le terrain du social, coûté au siècle dernier des millions de vies et a durablement affaibli le mouvement ouvrier. Aucune dictature ne peut, jamais, être bien intentionnée et orientée vers le bien commun. Seule la démocratie, et donc la construction d'un consensus large au sein de la société, peut permettre de dégager les équilibres nécessaires à la réalisation de transformations profondes profitables pour toutes et tous, et en particulier pour les plus faibles.

Qu'on me comprenne bien, l'écologie n'est pas consensuelle. Son agenda de transformation remet en cause trop de positions acquises et de situations précaires, de rentes et d'habitudes, de réalités physiques et d'imaginaires, pour qu'elle ne génère pas des tensions, des oppositions et des contre-récits. C'est la marque d'un projet puissant. Mais si nous voulons gagner politiquement, et pas seulement culturellement, il nous faut sortir de notre culture minoritaire, engager une nouvelle étape de la politisation du débat écologique. En finir avec la guerre de tranchées et les certitudes éternelles pour faire mouvement. Passer de la confrontation permanente à la controverse et au débat éclairé sur les solutions. Organiser une confrontation démocratique qui permette d'éclairer la répartition des efforts à consentir, les gagnants et les perdants, les indispensables mesures de compensation et démarches d'accompagnement, les intérêts particuliers à court terme et l'intérêt général à long terme. Remplacer la flamme par la lumière. Bouger plutôt que bousculer.

Polyphonie, nouvelles alliances…
sortons de notre culture minoritaire

Assumons la polyphonie de la parole écologiste. Notre parti, Les Écologistes, n'y arrivera pas seul. Sortons de notre culture minoritaire qui veut que, face à l'adversité que nous avons si longtemps endurée, une seule vraie ligne écologiste existerait, la nôtre. Avec sa victoire culturelle, l'écologie s'est répandue largement dans toute la société. Elle a été digérée de bien des façons et a pris des formes très diverses. Elle est portée par des mouvements et des personnalités variées, talentueuses, écoutées, qui touchent des publics divers. Ils et elles ne sont pas « nous », mais ne forment pas pour autant une « concurrence ». Souvent d'ailleurs, ces nouveaux porte-parole de l'écologie se tiennent prudemment à distance, comme si nous étions porteurs du virus du sectarisme susceptible de parasiter leur message. C'est frustrant et injuste. Tant pis. Les valoriser, accepter les différences, parfois les divergences, c'est servir l'écologie politique qui, si elle sait être désirable, deviendra leur débouché politique naturel et, plus important, celui de leurs publics.

Instruisons nos différences, y compris dans le débat public. Jean-Marc Jancovici est pronucléaire, nous sommes contre. Depuis cinquante ans, les Français sont inondés de désinformation sur ce sujet, mais les enjeux liés au nouveau programme nucléaire lancé par Emmanuel Macron sont majeurs pour notre avenir énergétique : faut-il, alors que le solaire et l'éolien se déploient massivement et à des coûts bien inférieurs, engager notre pays dans un nouveau programme électronucléaire à 100 milliards d'euros ? Réclamons un référendum sur ce programme délirant d'EPR2 que j'ai précédemment évoqué. On me rétorque que nous risquons de le perdre. Qu'avons-nous gagné depuis tant d'années ? Qu'avons-nous à perdre quand nos arguments sont si puissants et la réalité internationale si convaincante ? N'ayons pas peur du débat public, nous avons tout à y gagner.

Soyons à l'écoute, aussi, des initiatives qui maillent déjà le pays et vont dans le bon sens. Apprenons de ces démarches et de ces solutions.

Banlieues Climat entend, par exemple, remettre les quartiers populaires au cœur de la lutte contre le dérèglement climatique. L'organisation part d'un constat : les habitants des banlieues sont parmi les plus touchés par les pollutions, la précarité énergétique et les effets concrets du changement climatique, mais ils sont aussi souvent les grands oubliés des politiques environnementales. Pour changer la donne, Banlieues Climat articule formation, sensibilisation et plaidoyer. L'association organise des ateliers d'éducation populaire dans les quartiers, forme des jeunes aux enjeux climatiques, qui deviennent à leur tour des ambassadeurs de l'écologie. Depuis 2022, plus de 600 jeunes et citoyens ont été formés, et une trentaine de projets locaux ont émergé grâce à cet accompagnement. Une initiative, parmi d'autres, qui renouvelle l'écologie.

Cessons également de délaisser le monde du travail et de l'entreprise. Nous passons près de la moitié de notre vie au travail, nous y nouons des liens, nous nous y impliquons et y forgeons une histoire, des amitiés, parfois des amours. Face à l'enjeu que représente la transition écologique pour les entreprises et leurs salariés, la citoyenneté, entendue au sens de l'engagement démocratique, ne peut plus uniquement commencer à la sortie de l'usine ou du bureau. Les salariés demandent de plus en plus souvent à être plus entendus et à donner davantage leur avis sur leur travail. Selon une étude menée conjointement par la CFDT et la Fondation Jean Jaurès[141], 74 % des Français voudraient introduire un système de codétermination entre dirigeants et salariés au sein des entreprises.

Côté entreprises, des coalitions importantes se mettent en place sur des sujets spécifiques, comme l'efficacité énergétique ou l'isolation des bâtiments. Le Mouvement Impact France, fondé en 2020, est une organisation patronale qui se donne justement pour vocation de réaligner les intérêts économiques des entreprises avec l'intérêt commun, pour bâtir une économie plus robuste, plus juste et plus respectueuse de l'environnement. Ce mouvement ne cesse de s'élargir démontrant que le « patronat » ne se résume pas au discours ringard du président du MEDEF. Le monde des entreprises évolue. Sachons en tirer profit.

25

Soyons réalistes

« Deux intellectuels assis vont moins loin qu'une brute qui marche. »

Michel AUDIARD,
Un Taxi pour Tobrouk, 1961

On me qualifie régulièrement d'« écologiste réalo ». Cela m'a parfois agacé. Je l'assume aujourd'hui. Oui, je suis, s'il faut décrire la ligne politique que je défends, un écologiste réaliste : je ne veux pas rallier seulement celles et ceux qui sont déjà d'accord, mais convaincre les personnes qui doutent, construire les alliances indispensables et accepter les compromis nécessaires.

Assumer les compromis, ce n'est pas seulement en rabattre un peu sur nos objectifs. C'est consentir à travailler avec des groupes politiques et des acteurs sociaux qui pensent différemment de nous. Ce qui est pratique courante pour nos élus à l'échelle locale l'est beaucoup moins à l'échelle nationale, où débats et postures sont plus polarisés et figés.

Nous vivons désormais, en France et dans beaucoup de démocraties, une tripartition de la vie politique. L'extrême droite forme un bloc puissant, plus ou moins le tiers de l'électorat. La gauche et les écologistes représentent un autre tiers, ils stagnent à un niveau historiquement bas. La droite et le centre droit rassemblent un dernier tiers des votants. Les divergences sont fortes entre ces trois blocs. Y compris ceux d'entre eux qui revendiquent leur attachement à la République. Nous le vivons chaque jour au parlement, sur la fiscalité, le modèle social, la transition écologique et, malheureusement, de plus en plus, l'immigration et l'État de droit.

En juin 2024, après la dissolution, j'ai participé à la négociation du programme du Nouveau Front populaire. Celui-ci a incarné une stratégie de résistance face au RN et une stratégie défensive dans le cadre d'un scrutin majoritaire aberrant. Après l'élection, j'avais défendu la proposition de nomination de Laurence Tubiana, une écologiste, à Matignon. En assumant que cela entraînerait certes un soutien sans participation gouvernementale de la France insoumise, mais donnerait aussi une chance supplémentaire à un gouvernement de la gauche et des écologistes d'accéder aux manettes et de tenter de gouverner dans les conditions d'alors. C'était pour moi la seule option jouable. Et je regrette profondément que Les Écologistes ne l'aient pas soutenue, lui préférant le maintien d'une logique purement NFP. Les Insoumis défendant une application sans concession du programme de l'alliance, malgré l'absence de majorité à l'Assemblée, c'était un défi impossible à surmonter.

La tripartition du paysage politique ne doit pas masquer sa bipartition sur son rapport à l'État de droit et aux libertés fondamentales. Car une partie de la droite a déjà cédé à l'extrême droite. Dans la plupart des démocraties – on l'a vu aux États-Unis, au Brésil et dans plusieurs pays d'Europe –, les élections se jouent aujourd'hui entre une coalition extrême droite et droite d'un côté, et, de l'autre, ceux qui restent. La surmobilisation de tel ou tel segment de l'électorat fait basculer le résultat dans un sens ou dans l'autre. Le centre droit a par conséquent la responsabilité historique de résister à cet appel des droites illibérales. Plusieurs fois dans l'Histoire – en 1789, au moment de l'affaire Dreyfus, en 1945… – la « bourgeoisie libérale » a fait, au final, le choix de la République et de la démocratie. Rien n'est donc perdu.

Il en va aussi de notre capacité, à gauche et chez les écologistes, à garantir l'existence d'un terrain de confrontation politique qui revendique le débat éclairé, fondé sur les faits et la science, et l'attachement au pacte républicain. Si le centre droit bascule, alors l'agenda climatique, social et démocratique tombera du côté obscur de la force, à la fois autocratique et climatosceptique. Nous pourrons fièrement manifester tous les samedis pour dénoncer les intolérables reculs de l'État de droit ou des libertés publiques, mais nous aurons quand même durablement perdu.

C'est pourquoi, après la censure de décembre 2024 et pour éviter que le RN ne dicte son agenda et ses conditions, j'ai défendu la possibilité d'un pacte républicain avec le centre droit, en vue de gouverner jusqu'aux élections de 2027. Un terrain d'entente minimal était possible, en s'accordant sur une dizaine de réformes essentielles pour commencer à réparer le pays et prendre soin des Françaises et des Français. Puisque nous défendons le scrutin proportionnel, c'est une situation à laquelle nous risquons potentiellement d'être régulièrement confrontés à l'avenir, et que nous devons assumer. Le président de la République et ses alliés politiques en ont décidé autrement. L'enjeu demeure.

26

Rassemblons, mais pas au détriment de l'écologie

> « Les mots ne sont pas innocents. Ils traduisent une idéologie, une mentalité, un état d'esprit. Laisser passer un mot, c'est le tolérer. Et de la tolérance à la complicité, il n'y a qu'un pas »
>
> Gisèle HALIMI, *Une farouche liberté*, (avec Annick Cojean), 2020

Depuis les élections législatives de 2022 et la constitution de la Nupes, et encore plus depuis la dissolution de 2024 et la création du NFP, le parti écologiste, mon parti, s'est fait le champion de l'union de la gauche et des écologistes. Fort bien. L'union est réclamée par beaucoup de militantes et de militants, comme par un électorat fatigué de la défaite et des régressions politiques. Elle se traduit dans les urnes : il n'y a pas d'électorats de gauche irréconciliables, le vote NFP fonctionne.

Ce rôle de trait d'union nous rend populaires, notamment auprès des secteurs les plus engagés de l'électorat. Mais il a pour gros inconvénient de minorer la singularité de notre projet dans un moment où l'écologie est lourdement attaquée. Jouer en permanence un exercice d'équilibrisme entre le Parti socialiste et la France insoumise efface notre spécificité et compromet notre utilité. Ce non-alignement n'est pas un projet, c'est une paresse. La question pour les écologistes ne peut pas être de savoir sur *qui* ils devraient ou non s'aligner mais sur *quoi* : quelles valeurs, quel projet, quelle perspective de victoire ?

Alors qu'arrive à grands pas l'élection présidentielle, la solution pour désigner une ou un candidat unique semble toute trouvée : une primaire. Mieux : une *grande* primaire de toute la gauche et des écologistes, du NPA à François Hollande en passant par Jean-Luc Mélenchon et Raphaël Glucksmann. La procédure en tant que telle ne me gêne pas, surtout si elle associe les forces vives de la société civile à la gauche et aux écologistes. J'ai pour ma part participé à plusieurs primaires et je les ai toutes gagnées.

Peut-on sérieusement croire à une telle possibilité dans le contexte actuel ? Un tel scrutin ne pourrait être qu'une primaire de fractures où les perdants ne soutiendront pas la ou le gagnant. J'ai déjà pu constater combien une simple primaire écologiste pouvait générer de la frustration et parasiter la campagne qui suit. Que dire de la primaire socialiste de 2017 ? La primaire, comme méthode, ne peut pas se substituer à la construction d'une cohérence et donc à une clarification politique. Nous n'avons pas le temps de faire semblant.

Déjà en amont des élections de 2017 et de 2022, des initiatives de primaire et de rassemblement aussi larges ont été tentées. Je m'y suis engagé activement. En 2021 j'ai voulu faire travailler toute la gauche à un programme conjoint, dans l'espoir de faire émerger une candidature commune. Jean-Luc Mélenchon a refusé de participer à ce travail. J'en avais alors longuement discuté avec lui. Comme déjà en 2016-2017. Il a, pour sa part, formalisé depuis longtemps que deux projets distincts à gauche existent, et qu'ils doivent chacun avoir leur candidat de premier tour. Sa stratégie est claire : miser sur le vote utile au premier tour puis, éventuellement, rechercher un vote de soutien au second tour.

Jean-Luc Mélenchon tétanise aujourd'hui toute la gauche et nous éloigne des Français et du pouvoir. J'ai toujours eu des divergences avec lui. Ce sont désormais devenues des oppositions profondes. Je suis notamment en total désaccord avec ses positions sur l'Ukraine et sur l'Europe, comme sur Taïwan et les Ouïghours. Sa complaisance historique vis-à-vis de la Russie et du Parti communiste chinois, son « campisme » bas de front sont une insupportable capitulation, l'abandon délibéré des victimes aux bourreaux. Reprendre les termes de Trump et de Poutine pour expliquer que Zelensky est la cause de la guerre en Ukraine, faire sienne la rhétorique de Xi Jingping pour annihiler la démocratie taïwanaise, c'est sacrifier l'aspiration et le droit des peuples à vivre libres. Ce n'est pas « simplement » un désaccord de politique étrangère qui, on le sait, joue toujours un rôle très secondaire dans une élection nationale : la démocratie ne connaît pas de frontières. On connaît aussi son rejet de la démocratie à l'intérieur de son propre mouvement, sa défiance à l'égard des syndicats et de la démocratie sociale, ou encore à l'égard de la liberté de la presse. Un rapport aussi dégradé à la démocratie devrait nous faire bondir. Je l'ai dit déjà tout au long de ce livre : pas de mutation écologique possible sans approfondissement de la démocratie. Le dédain affiché par Jean-Luc Mélenchon à son égard justifie le refus de cheminer ensemble.

La gauche et les écologistes doivent préparer l'élection présidentielle sans Jean-Luc Mélenchon. Continuer à entretenir l'illusion d'une candidature unique à gauche pour 2027, c'est construire la déception des électeurs et, demain, la défaite. Entretenir l'éventualité d'un rassemblement avec lui, c'est sans cesse se demander s'il va en être, ou pas ? Si la pression du peuple de gauche le fera changer d'avis, ou pas ? Si tous les autres sont prêts à le soutenir s'il gagne ? Alors qu'on sait déjà qu'il n'en veut pas et qu'on ne veut pas de lui !

Évitons de croire qu'une telle tactique, dont tout le monde convient qu'elle n'aboutira pas, pourrait amener un jour à une candidature écologiste pour représenter la gauche. C'est dans l'affirmation de l'écologie – pas dans sa minoration – qu'on renouvellera la gauche.

Cessons de croire aussi que la seule mobilisation des abstentionnistes, le fameux quatrième bloc, va combler par magie le fossé entre nos 30 % de voix et la majorité. Bien sûr, l'abstention touche particulièrement les jeunes et les classes populaires, que nous voulons convaincre. Bien sûr, elle impacte proportionnellement plus la gauche que la droite. Il faut donc convaincre les abstentionnistes. Mais nous n'échapperons pas pour autant à la nécessité de convaincre ou de faire alliance avec une partie de celles et ceux qui aujourd'hui ne votent pas pour nous.

La stratégie d'une candidature unique nous fait perdre un temps précieux qui pourrait être consacré à l'élaboration d'un projet et d'une candidature alternative, capable non seulement de se qualifier au premier tour grâce au vote utile, mais aussi de l'emporter au second en rassemblant un électorat plus centriste face au RN. C'est maintenant qu'il faut créer la dynamique de rassemblement, sans tromper les électeurs. Il faudra bien que cet espace politique se structure progressivement. Et pourquoi pas l'appeler la social-écologie ? Ce serait intégrer dans notre dénomination le changement de logiciel que je propose. Ce serait reconnaître que l'écologie seule ne peut espérer être majoritaire dans un horizon proche.

Faisons confiance aux électrices et aux électeurs, parlons leur franchement. Convainquons par nos idées. Avec un projet renouvelé et une posture de responsabilité assumée.

CONCLUSION

Repassons à l'offensive

> « Ne doutez jamais qu'un petit groupe de citoyens engagés et réfléchis puisse changer le monde. En réalité c'est toujours ce qui s'est passé. »
>
> Margaret MEAD

À l'échelle européenne, le récit écologique fonctionne. Sauf à vouloir en changer maladroitement. Notre récit articule la dimension globale des enjeux écologiques, une Europe dont l'échelle et la construction politique offrent un large spectre de solutions, et un universalisme de valeurs démocratiques à défendre à l'extérieur comme à l'intérieur de l'Union. L'UE porte toutes les forces et toutes les faiblesses de nos sociétés. Alors que les guerres se multiplient à nos frontières, notre tâche est lourde : ne pas laisser mourir le projet européen sous les coups de boutoir de l'internationale national-populiste, soutenue à l'est par Poutine, à l'ouest par Trump.

Notre responsabilité est immense : renouer avec le rêve européen, un rêve que nous portons en héritage et qu'il nous revient de poursuivre. Cela avait d'abord été le rêve franco-allemand de réconciliation, après les atrocités de la Seconde Guerre mondiale : plus jamais la guerre! Puis le rêve des peuples grec, espagnol et portugais qui combattaient la dictature et partageaient une même conviction : c'est l'ancrage dans une Europe des droits et des libertés qui protégerait leur démocratie naissante. Le rêve enfin des peuples d'Europe centrale et orientale qui, après l'effondrement du mur de Berlin, rejoignaient enfin la grande famille européenne. Plus jamais le fascisme et la dictature!

La guerre et l'extrême droite sont de retour. Alors que ressurgissent murs et barbelés à nos frontières et dans nos imaginaires, mon rêve d'écologiste est toujours que celle ou celui qui, hasard de l'histoire, naît de l'autre côté de la frontière ne devienne jamais l'ennemi; et que le musulman, le juif, le Noir, l'Arabe, l'Asiatique, ne devienne jamais l'étranger de l'intérieur. Ce qui nous est étranger, c'est le racisme et l'antisémitisme, c'est l'humiliation et l'injustice, c'est le chaos climatique et l'anéantissement du vivant. N'abandonnons jamais l'Europe à ceux contre qui elle s'est construite, les semeurs de haine et de peur, les artisans du malheur.

Le récit écologique fonctionne aussi pour les élections municipales. Qualité de vie et santé, consultation et participation des habitants, solidarité et vivre-ensemble, espace public rafraîchi et apaisé, proximité et sécurité... L'écologie est bien perçue à l'échelle locale. Cela nous a alloué de belles victoires en 2020 et nous a installés positivement et concrètement dans la vie des habitants. C'est un récit d'ancrage qui répond aux paniques identitaires.

La séquence des élections européennes de 2019 et municipales de 2020 en a été la preuve : sur une ligne d'écologie réaliste, jamais l'écologie politique n'a fait autant de voix qu'en 2019, jamais elle n'a gagné autant de villes qu'en 2020.

Au niveau national par contre, le vote en faveur de l'environnement ne peut pas être la seule motivation à voter écologiste. Pouvoir d'achat, santé, école, emploi, sécurité… les préoccupations des citoyennes et des citoyens sont multiples. Il nous faut encore construire notre crédibilité à gouverner sur l'ensemble des domaines de l'action publique.

L'élection présidentielle de 2022 est venue doucher nos espoirs d'une progression électorale continue. Même si l'écologie n'a jamais fait autant de voix à une élection présidentielle, mon score a été un échec. Je pourrais raconter une campagne tronquée par l'absence de débats entre les candidats, la guerre en Ukraine succédant à l'épidémie de covid, les préoccupations et les aspirations des Françaises et des Français jamais abordées, le mouvement écologiste peu préparé à une échéance qu'il aborde toujours avec ambiguïté, le vote utile qui aspire les électrices et les électeurs… Mais cet échec est d'abord le mien. À 20 heures quand s'annoncent les résultats, c'est ma tête qui s'affiche !

J'ai souhaité pendant cette campagne montrer qu'il existe un chemin de responsabilité pour l'écologie, que les transitions sont possibles. J'ai voulu en quelques mois donner à l'écologie une crédibilité digne d'un gouvernement qui lui fait tant défaut dans l'opinion publique. Un pari risqué dans une campagne sans campagne. J'ai échoué en 2022, mais je reste persuadé que ce n'est que par l'élargissement de notre récit et des motivations de vote que nous pourrons progresser[142]. C'est la voie que j'ai tenté de décrire au fil de ces pages.

Rénovation des logements, mobilités douces et décarbonées, énergies renouvelables, agroécologie, école, hôpital et déserts médicaux, réindustrialisation verte, grand plan européen d'investissement, nouveau pacte avec les pays du Sud, protection et revitalisation de la démocratie… ce sont les chantiers prioritaires qu'il nous faut urgemment ouvrir. Ils forgeront l'adhésion et la mobilisation citoyennes pour améliorer la vie quotidienne et faire face aux défis du siècle. Ils contribueront à réconcilier les Français avec la politique.

La grande bascule est là, devant nous. Repli ou ouverture ? Fragmentation ou réconciliation ? Démocratie ou autocratie ? Déni ou vérité ? Est-ce que nous partageons encore une même réalité ? Le voulons-nous ? Voulons-nous vivre dans le même monde ? Les écologistes n'ont pas toutes les réponses. Mais nous pouvons, nous devons faire notre part.

Une nouvelle étape s'ouvrira devant nous si nous nous montrons capables de nous hisser à la hauteur des enjeux. En nous redonnant de la profondeur historique et politique, en déployant un récit alternatif à ceux de l'extrême droite et des libéraux conservateurs, en revitalisant partout la démocratie, en transformant notre logiciel, l'écologie peut et doit renouer avec le combat pour la liberté, l'égalité et la fraternité. Elle fait ainsi sien l'héritage de notre pacte républicain, non pour le mythifier, mais pour le faire vivre et grandir.

En ajoutant la protection écologique à la protection sociale et à la protection de la santé, l'écologie politique renouvelle le contrat social issu du Conseil national de la

Résistance, fondé sur la solidarité et les efforts justement partagés, la responsabilité collective, l'égalité, l'exemplarité, la justice et l'intégration sociale, la santé comme bien commun. Un contrat qui lie intensément les citoyennes et les citoyens, volontaires et engagés, et un État puissant et bienveillant. Un contrat qui répare la société, et réinscrit les intérêts particuliers dans un dessein commun.

Pacte républicain renforcé, contrat social renouvelé… c'est la voie que doit tracer l'écologie politique pour réconcilier notre pays avec l'avenir et avec lui-même. La drôle de guerre est terminée. Engageons-nous. Sortons de notre camp retranché. Repassons à l'offensive !

REMERCIEMENTS

J'ai voulu dans ce livre poser un diagnostic approfondi des défis auxquels nous sommes confrontés. Un diagnostic sans complaisance, qui m'amène à tirer des conclusions fortes, je pense, sur le projet, la posture et le récit écologistes. Je veux ici remercier toutes les personnes qui ont accepté d'échanger, d'enrichir ma réflexion et mon propos en amont de sa rédaction. Ces rencontres, et bien d'autres, m'ont confirmé la richesse et le sérieux des réflexions et des travaux engagés sur l'écologie. Évidemment, mais il est impératif de le souligner, ce livre n'engage aucunement les personnes mentionnées ci-après.

Je veux citer en particulier, et dans le désordre, Karine Gavand, Emmanuel Guérin et Julie Henches de la Fondation européenne pour le climat, présidée par la remarquable Laurence Tubiana, Damien Demailly et François Thomazeau d'I4CE, Mathieu Saujot de l'IDDRI, Denis Voisin de GreenLEX, François-Xavier Demoures, de Étonnamment, si., Anne Le Corre et Armand Blondeau du syndicat Printemps écologique, Lucas Francou Damesin de Parlons Climat, Sylvain Trottier de Conséquences, Jean-Baptiste Fressoz, auteur de *Sans Transition*, Wandrille Jumeaux du réseau Le Lierre, Alexandre de Seguins, Marie Wallaert et Olivier Szulzynger, scénaristes de Nouvelle Séquence, David Bornstein, Alexis Braud… Je veux aussi mentionner les membres du club Maison Commune, dont la qualité des évènements et des échanges fait honneur à la politique.

Je veux très chaleureusement remercier Guillaume Duval et Mickaël Marie, pour leur contribution à chaque étape de mon cheminement et pour le travail souvent ingrat de relecture et de réécriture.

Merci aux membres de mon équipe qui m'accompagnent depuis mon arrivée au Sénat et dont l'engagement chaque jour, et notamment pendant la commission d'enquête sur TotalEnergies, a été très précieux et a enrichi cet ouvrage : Axel Dumont, Bastien Valtille, Laura Parascandola, Antoine Charaux.

Un merci forcément tout particulier à Anne-Charlotte, pour son soutien constant, ses nombreuses relectures, sa patience.

Pas de livre sans maison d'édition : merci à Denoël et à mon éditrice Dorothée Cunéo, pour sa confiance et les échanges qui ont enrichi les pages qui précèdent.

Enfin merci à vous, lectrices et lecteurs, si vous m'avez lu jusqu'ici. Vous êtes la raison d'être de ce livre.

Notes

1. *Les Misérables*, 1862.

2. Film écrit et réalisé par Mathieu Kassovitz, 1995.

3. Manon Loisel, Nicolas Rio, « Le *backlash* écologique qui vient : réflexions sur les municipales 2026 », *La Grande Conversation*, 3 mars 2025.

4. Nicholas Stern, « The Economics of Climate Change: The Stern Review », *Cambridge University Press*, 2007.

5. Piers Forster, Chris Smith, Tristram Walsh *et al.*, « Indicators of Global Climate Change 2024: annual update of key indicators of the state of the climate system and human influence », *Earth System Science Data*, 19 juin 2025.

6. « Relancer l'action climatique face à l'aggravation des impacts et à l'affaiblissement du pilotage », Haut Conseil pour le climat, rapport annuel 2025, juin 2025.

7. Camilo Mora, Tristan McKenzie, Isabella Gaw *et al.*, « Over half of known human pathogenic diseases can be aggravated by climate change », *Nature Climate Change*, vol. 12, 2022, p. 69-875.

8. Timothy M. Lenton, Chi Xu, Jesse F. Abrams *et al.*, « Quantifying the human cost of global warming », *Nature Sustainability*, vol. 6, 2023, p. 1237-1247.

9. Alix Chenel, Quentin Ghesquiere, « Changement climatique : nous ne sommes pas prêt.es », Oxfam France, juillet 2024.

10. « Comment le réchauffement climatique accentue les sécheresses », Météo-France, 17 juin 2025.

11. « L'eau en 2050 : graves tensions sur les écosystèmes et les usages », Haut-Commissariat à la stratégie et au plan, note d'analyse n° 156, juin 2025.

12. « Les risques climatiques et leurs coûts pour la France : pour préserver l'économie, l'urgence d'agir dès à présent », Agence de l'environnement et de la maîtrise de l'énergie (Ademe), 6 décembre 2023.

13. « La sécheresse et son impact sur les habitations : quelles solutions de prévention et de protection ? », France Assureurs, 20 octobre 2023.

14. « Relancer l'action climatique face à l'aggravation des impacts et à l'affaiblissement du pilotage », Haut conseil pour le climat, *op. cit.*, juin 2025.

15. « L'état du mal-logement en France », Fondation pour le logement des défavorisés, rapport annuel 2025, février 2025.

16. « Les Européens et la rénovation énergétique de leur habitat », Toluna Harris Interactive pour BNP Paribas, 23 mai 2025.

17. Lucas Francou (Parlons Climat), Mathieu Saujot et Marion Bet (IDDRI), « Vers un pivot majoritaire de l'écologie », 30 juin 2025.

18. « No backlash on ecology », *The New York Times*, 10 janvier 1972, cité par Parlons Climat, 2025.

19. « La plus grande enquête d'opinion mondiale sur les changements climatiques publie ses résultats », Programme des Nations unies pour le développement (PNUD), 27 juin 2024.

20. Jannik Jansen, « Beyond the 'backlash': the green electoral agenda », *Social Europe*, 9 avril 2024.

21. « Enquête climat : les Français et l'adaptation au changement climatique », BVA Xsight et la Banque européenne d'investissement, 11 novembre 2024.

22. Estelle Chandeze et Margaux Schmitt, « Obs'COP 2024 : l'urgence climatique cède du terrain face à la préoccupation économique », Ipsos, 13 novembre 2024.

23. « Une polarisation de l'opinion sur la question du réchauffement », Cluster17 pour *Le Point*, 14 et 15 juillet 2023.

24. « Divergences et représentation dans les mondes agricoles : le mouvement des agriculteurs de 2024 », Parlons Climat, 15 mai 2024.

25. Mathilde Ponsan et Florence Gramond, « Enquête agriculteurs », BVA Xsight pour le Collectif Nourrir, Terra Nova et Parlons Climat, février 2024.

26. « Les Français et l'agroécologie », OpinionWay pour Terre et Humanisme, janvier 2022.

27. « Les Français face aux propositions de loi liées à l'environnement », BVA Xsight pour Agir pour l'environnement, mars 2025.

28. « Baromètre sur la consommation de viande des Français », Toluna Harris Interactive pour Réseau Action Climat, vague 3, février 2025

29. « Loi Duplomb : Nous, restaurateurs, faisons ce métier pour nourrir, pas pour empoisonner », tribune, *Le Monde*, 24 juillet 2025.

30. Prix Albert Londres, Arthaud, 2023.

31. Mathilde Ponsan et Florence Gramond, « Enquête agriculteurs », *op. cit.*

32. Colin Crounch, *Post-Democracy*, Cambridge, Polity Press, 2004.

33. Alexis de Tocqueville, *L'Ancien Régime et la Révolution*, 1856.

34. François-Xavier Demoures, *Montée de l'extrême droite, une prophétie autoréalisatrice ?*, Éditions de l'Aube, 2024.

35. Françoise Giroud, *Gais-z-et-contents*, Seuil, 1996.

36. Stéphane Mandard, « À Blendecques, les "réfugiés climatiques" qui ont vécu de multiples inondations rejettent les écologistes et votent massivement pour le RN », *Le Monde*, 25 juin 2024.

37. Peter Andre, Teodora Boneva, Felix Chopra et Armin Falk, « Globally representative evidence on the actual and perceived support for climate action », *Nature Climate Change*, vol. 14, n° 3, mars 2024, p. 253-259.

38. Damian Carrington, « Activate climate's "silent majority" to supercharge action, experts say », *The Guardian*, 22 avril 2025.

39. Alexander Hertel-Fernandez, Matto Mildenberger et Leah C. Stokes, « Legislative Staff and Representation in Congress », *American Political Science Review*, vol. 113, n° 1, novembre 2018, p. 1-18.

40. « Observatoire des JT sur les changements climatiques », *Climat Médias*, juillet 2025.

41. Aude Dassonville, « Canicule : un traitement médiatique encore perfectible », *Le Monde*, 15 août 2025.

42. Mickaël Correia, Lucie Delaporte, « Au RN, malgré les discours de façade, les climatosceptiques pris en flagrant déni », *Médiapart*, 19 juin 2024 et Nabil Wakim, « Le RN est-il climatosceptique ? », *Le Monde*, 26 juin 2024.

43. « Les représentations sociales du changement climatique », Agence de l'environnement et de la maîtrise de l'énergie (Ademe), sur-échantillon de parlementaires, 2020.

44. Gallimard, 2025.

45. Jean-Baptiste Fressoz, « Bolsonaro, Trump, Duterte… La montée d'un carbo-fascisme ? », *Libération*, 10 octobre 2018.

46. Albert CAMUS, « Lettre au directeur des Temps modernes », 30 juin 1952.

47. Giuliano DA EMPOLI, *Les Ingénieurs du chaos*, Paris, Gallimard, 2023.

48. *Ibid.*

49. Nico SCHMIDT, « Far Right groups shout the loudest on social media », *Investigate Europe*, 3 avril 2019.

50. Sacha BENTOLILA, Roman BORNSTEIN, Benoît CALATAYUD, « Climatoscepticisme : le nouvel horizon du populisme français », Fondation Jean Jaurès, avril 2023.

51. Andrew GUESS, Jonathan NAGLER et Joshua TUCKER « Less than you think: Prevalence and predictors of fake news dissemination on Facebook », *Science Advances*, vol. 5, n° 1, 9 janvier 2019.

52. David CHAVALARIAS, Paul BOUCHAUD, Victor CHOMEL, Maziyar PANAHI, « Les nouveaux fronts du dénialisme et du climatoscepticisme », CNRS-ISC-PIF, 13 février 2023. Étude citée par la Fondation Jean Jaurès.

53. Clément FOURNIER, « La désinformation climatique s'installe dans les médias français, selon un rapport d'experts », *Novethic*, 15 avril 2025.

54. Hannah ARENDT, *La Crise de la culture*, Gallimard, 1972, p. 303.

55. Lire l'ouvrage de Gloria ORIGGI, *La vérité est une question politique*, Albin Michel, 2024.

56. Brice TEINTURIER, *Le 1 Hebdo*, n° 391, 6 avril 2022.

57. Selon Elections Tracker, sur la période du 14 février au 6 avril 2022.

58. Commission d'enquête sur l'utilisation des aides publiques aux grandes entreprises et à leurs sous-traitants, 1er juillet 2025.

59. Mathilde PASCAL, Perrine DE CROUY-CHANEL, Vérène WAGNER *et al.*, « The mortality impacts of fine particles in France », *Science of the Total Environment*, vol. 571, 15 novembre 2016, p. 416-425.

60. Commission d'enquête sur le coût économique et financier de la pollution de l'air, Sénat, 2015.

61. Mathilde PASCAL, Perrine DE CROUY-CHANEL, Vérène WAGNER *et al.*, « The mortality impacts of fine particles in France », *op. cit.*

62. Airparif, 9 avril 2025.

63. Arthus VAILLANT et Mélina FONCK, « ZFE supprimées à l'Assemblée : à Strasbourg, un coup d'arrêt malgré des premiers résultats encourageants », BFM-TV (service Alsace), 29 mai 2025.

64. Bernard BRUNO, président de la Métropole de Lyon, note publique, juin 2025.

65. « Nos campagnes valent mieux qu'une imposture populiste », Association des maires ruraux de France, tribune, *Ouest-France*, 7 juillet 2025.
66. « Examen de la mise en œuvre de la politique européenne », rapport 2025, Commission européenne, juillet 2025.
67. Maia DOUILLET, Maxime LEDEZ *et al.*, « Panorama des financements climat, Édition 2025 », I4CE, 10 juillet 2025.
68. Bruno LATOUR, *Où suis-je ? Leçons du confinement à l'usage des terrestres*, La Découverte, 2021.
69. *Étude sur les contributions au « vrai débat » en liaison avec la fiscalité et l'environnement*, Ademe, Credoc, octobre 2020.
70. *Analyse du questionnaire ZAN*, Fédération des Scot, mai 2024.
71. Laurent JEANNEAU, « Les pauvres, principales victimes des renoncements écologiques », *Alternatives économiques*, juin 2025.
72. Alexis DE TOCQUEVILLE, *L'Ancien Régime et la Révolution*, *op. cit.*
73. Éditions Anne Carrière, 2003.
74. Cité par David BORNSTEIN, « Effondrement démocratique et climatique : L'Europe peut changer la donne », Les Verts / ALE, Parlement européen, 24 novembre 2023. Cette section reprend plusieurs de ses développements.
75. Montesquieu, *De l'esprit des lois*, 1748.
76. Erik ASPLUND, Ingrid BICU, Sonali CAMPION *et al.*, « Review of the 2024 super-cycle year of elections », Institut international pour la démocratie et l'assistance électorale (IDEA) et Electoral Integrity Project, 9 juin 2025.
77. V-Dem, 2022.
78. Cité par David BORNSTEIN, « Effondrement démocratique et climatique : L'Europe peut changer la donne », *op. cit.*
79. « Exposition "Le revers de mon look : Quels impacts ont mes vêtements sur la planète ?" », Ademe, 30 septembre 2020.
80. « Les dérives de l'ultra-fast-fashion », Ademe et ministère de la Transition écologique, 2025.
81. « The impact of textile production and waste on the environment (infographics) », Agence européenne pour l'environnement, 29 décembre 2020, mis à jour le 21 mars 2024.
82. Romain GARY, *Chien blanc*, Gallimard, 1970.
83. Patrick GREENFIELD, « Revealed: more than 90 % of rainforest carbon offsets by biggest certifier are worthless, analysis shows », *The Guardian* et *Die Zeit*, 18 janvier 2023.

84. Daniella MEDEIROS CAVALCANTI, Lucas DE OLIVEIRA FERREIRA DE SALES, Andrea FERREIRA DA SILVA *et al.*, « Evaluating the impact of two decades of USAID interventions and projecting the effects of defunding on mortality up to 2030: a retrospective impact evaluation and forecasting analysis », *The Lancet*, vol. 406/10500, Elsevier, juillet 2025, p. 283-294.

85. Timothy MITCHELL, *Carbon democracy*, La Découverte, 2017.

86. *Ibid.*

87. Pierre CHARBONNIER, *Vers l'écologie de guerre, une histoire environnementale de la paix*, La Découverte, Paris, 2024.

88. « La pollution atmosphérique et le climat », *Total information*, n° 47, 1971.

89. Éric GIUILY, « L'évolution de la communication des grandes entreprises pétrolières et gazières face à la transition énergétique : de la "stratégie du doute" aux doutes sur leur stratégie ? », CLAI, 1er décembre 2023.

90. Audrey GARRIC, « Changement climatique : comment Total et Elf ont contribué à semer le doute depuis des décennies », *Le Monde*, 20 octobre 2021.

91. Dan EDGE et James JONES, « Pétrole, un lobby tout puissant – Le déni », Arte, 2022.

92. Christophe BONNEUIL, Pierre-Louis CHOQUET et Benjamin FRANTA, « Early warnings and emerging accountability: Total's responses to global warming, 1971-2021 », *Global Environmental Change*, vol. 71, novembre 2021.

93. « Comment TotalEnergies influence la science », *Greenpeace*, 26 janvier 2023.

94. « 1 milliard de dollars dépensé en lobbying par les pétroliers contre la politique climatique », *Reporterre*, 25 mars 2019.

95. « Bruxelles et Paris sous l'emprise des lobbies fossiles », Corporate Europe Observatory, Food&Water Europe, Friends of the Earth Europe, Greenpeace, Les Amis de la Terre France, Observatoire des multinationales, 24 octobre 2019.

96. Laurence SCIALOM, « Les décisions publiques sont à la merci des marchands de doute », *Le Monde*, 29 octobre 2021.

97. « Bruxelles et Paris sous l'emprise des lobbies fossiles », *op. cit.*

98. « Le nombre record de lobbyistes à la COP compromet les discussions sur la crise climatique ? », Amnesty International, 5 décembre 2023.

99. Mads ELLESØE, « Le Lobby climatosceptique », Arte, le 8 avril 2024.

100. « Construire une compagnie multi-énergies », TotalEnergies, 2021.
101. « En 2024, la France devenue première terre d'accueil européenne du gaz naturel liquéfié russe », *Libération* et AFP, 18 février 2025.
102. « Ukraine: Civilian casualties as of 24:00 », Nations unies, 3 mars 2022.
103. Fiona HARVEY, « Is Putin's Ukraine invasion about fossil fuels? », *The Guardian*, 24 février 2022.
104. Daniel BOFFEY et Jennifer RANKIN, « Buying Russian gas and oil has funded Putin's war, says top EU official », *The Guardian*, 9 mars 2022.
105. « Toutes les entreprises françaises doivent-elles quitter la Russie ? », *La Dépêche du Midi*, 24 mars 2022.
106. Emmanuel GRYNSZPAN et Julien BOUISSOU, « Comment le gaz de TotalEnergies sert de carburant aux avions de combat russes en Ukraine », *Le Monde*, 24 août 2022.
107. Perrine MOUTERDE, « Pétrole : l'influence de TotalEnergies dépasse largement sa part de marché », *Le Monde*, 25 mai 2024.
108. « TotalEnergies : une entreprise à nouveau stratégique pour garantir notre souveraineté énergétique durable », Sénat, rapport n° 692, Tome II – Comptes rendus 2024, 14 juin 2024, p. 432-444.
109. *Ibid.*, Tome I, recommandation n° 10, 14 juin 2024, p. 230.
110. Mathilde PICARD, « Importations massives de gaz et d'engrais russes, comment la France finance (indirectement) la guerre de Poutine en Ukraine », *Vert*, 25 février 2025.
111. Catherine FOURNIER, « TotalEnergies peut-il être poursuivi pour "complicité de crimes de guerre" en Ukraine, comme l'affirme Yannick Jadot ? », *France Info*, 25 mars 2022.
112. « French cash, Russian fuel, Ukrainian blood », Global Witness, 24 août 2022.
113. TotalEnergies, document d'enregistrement universel, 2020.
114. « Payments to Russia for fossil fuels since 24 February 2022 », CREA, Russia Fossil Tracker, consulté le 18 juillet 2025.
115. Audrey GARRIC, « Laurence Tubiana : "Le 'greenwashing' est aujourd'hui le nouveau déni climatique" », *Le Monde*, 10 novembre 2021.
116. Les éléments qui suivent proviennent largement de notre travail au sein de la commission d'enquête sur les moyens mobilisés et mobilisables par l'État pour assurer la prise en compte et le respect par le groupe TotalEnergies des obligations climatiques et des orientations de la politique étrangère de la France. Sénat, rapport n° 692, 14 juin 2024.

117. Banking on climate chaos, *Fossil fuel finance report 2025*, juin 2025.
118. OCDE, 21 novembre 2024.
119. Simon Black, Ian Parry, FMI, 24 août 2023.
120. « Global Critical Minerals Outlook 2024 », Agence Internationale de l'Énergie (IEA), 30 octobre 2024.
121. Adrien Toledano et Mahel Gonsalez-Morteux, « Métaux critiques : intégrer la sobriété dans la politique industrielle », *Alternatives économiques*, 15 mai 2025.
122. « L'adaptation au changement climatique du parc de réacteurs nucléaires », la Cour des comptes, mars 2023.
123. « La filière EPR : une dynamique nouvelle des risques persistants », Cours des comptes, 14 janvier 2025.
124. « Renewable Energy and Jobs », Agence internationale pour les énergies renouvelables (Irena), *Annual Review*, octobre 2024.
125. Chris Rooslowe, Nicolas Fulghum, Lauren Orso, « Solar is EU biggest power source for the first time ever », Ember, 10 juillet 2025.
126. Bill McKibben, « 4.6 Billion Years On, the Sun Is Having a Moment », *The New Yorker*, 9 juillet 2025.
127. Toluna Harris Interactive pour le groupe des Verts au Parlement européen, juin 2023.
128. « Énergies : que veulent vraiment les Français ? », IFOP (étude commandée par Engie), 6 juin 2025.
129. Sonya Faure et Cécile Daumas, « Interview Achille Mbembe : "La France peine à entrer dans le monde qui vient" », *Libération*, 1er juin 2016.
130. Émile Zola, *Thérèse Raquin*, 1867.
131. George Orwell, *1984*, 1949.
132. François-Xavier Demoures, *Montée de l'extrême droite, une prophétie autoréalisatrice*, *op. cit.*
133. Vincent Tiberj, *op. cit.*
134. Cité par Jean-Yves Dormagen et Stéphane Fournier, « À un an des municipales, les grandes villes face à la triple polarisation identitaire, sécuritaire et écologique », Fondation Jean Jaurès, juin 2025.
135. À écouter sur ce thème l'excellent podcast d'Alexis Braud, « Tout doit changer », sur Deezer et Spotify.
136. Philippe Torreton, *Mémé*, L'Iconoclaste, 2014.
137. François Gemenne, *L'écologie n'est pas un consensus*, Fayard, 2022.
138. *Faire sa part*, Carbone 4, rapport juin 2019.

139. Albert Camus, *L'Été*, 1954.

140. Arthur Rimbaud, *Sensation*, 1870.

141. Enquête « La société idéale de demain aux yeux des Français », CFDT en partenariat avec la Fondation Jean Jaurès, 2023.

142. Les travaux de Parlons Climat et de l'Iddri nous éclairent. Lire en particulier Lucas Francou, Mathieu Saujot et Marion Bet, *Vers un pivot majoritaire de l'écologie ?*, 30 juin 2025.

Table

INTRODUCTION 11

1. La drôle de guerre 19
2. La France en première ligne 30
3. Le *backlash* écologique… des élites 38
4. Post-démocratie et post-vérités : le nouveau front 50
5. Climatoscepticisme : une fabrique du doute politiquement organisée 60
6. L'extrême droite, une antiécologie « naturelle » 67
7. Démocratisons la démocratie ! 77
8. Équité, efficacité, exemplarité : déployons le nouveau génie écologique 91
9. Taxe carbone, voiture, ZAN… Des sujets politiquement inflammables 99
10. Exemplarité : l'éthique de la responsabilité 109
11. La mondialisation libérale : une bombe à fragmentation 114
12. Le renversement du monde 120
13. Fast-fashion et accord commercial UE-Mercosur : le monde d'avant, en pire ! 129

14. Pétrole : la guerre de l'ombre 142
15. TotalEnergies complice de Poutine 150
16. L'industrie pétrolière ou la décarbonation mensongère 166
17. La bataille climatique est aussi une guerre économique 175
18. Transition énergétique : la France à l'arrêt 192
19. Identité nationale : sortons du déni 204
20. L'antifascisme n'est pas un projet 211
21. Soyons conservateurs, sans être réacs 215
22. Brisons la tragédie des horizons 220
23. Réinventons l'écologie politique 225
24. Changeons de posture 232
25. Soyons réalistes 242
26. Rassemblons, mais pas au détriment de l'écologie 246

CONCLUSION : Repassons à l'offensive 251

Remerciements 257
Notes 259

Composition : Utibi.
Achevé d'imprimer par Grafica Veneta S.p.A.
à Trebaseleghe (Pd), en novembre 2025.
Dépôt légal : novembre 2025.

magasin@gallimard.fr

ISBN 978-2-207-18710-4 / Imprimé en Italie.

674569